시한부

# 시한부

초판 1쇄 발행  2024. 1. 23.
  40쇄 발행  2025. 1. 23.

**지은이**  백은별
**펴낸이**  김병호
**펴낸곳**  주식회사 바른북스

**편집진행**  김재영
**디자인**  양헌경

**등록**  2019년 4월 3일 제2019-000040호
**주소**  서울시 성동구 연무장5길 9-16, 301호 (성수동2가, 블루스톤타워)
**대표전화**  070-7857-9719 | **경영지원**  02-3409-9719 | **팩스**  070-7610-9820

•바른북스는 여러분의 다양한 아이디어와 원고 투고를 설레는 마음으로 기다리고 있습니다.

**이메일**  barunbooks21@naver.com | **원고투고**  barunbooks21@naver.com
**홈페이지**  www.barunbooks.com | **공식 블로그**  blog.naver.com/barunbooks7
**공식 포스트**  post.naver.com/barunbooks7 | **페이스북**  facebook.com/barunbooks7

ⓒ 백은별, 2025
**ISBN** 979-11-93647-64-6 03810

백은별 장편소설

# 시한부

자신의 마지막 날을
스스로 정한 삶도 시한부일까?

중2 작가의 시선에서 본 '청소년 우울증'과 '자살' 이야기

너는 그렇게 나에게서 떠났다.

# CONTENT

보통은 모두가 잠들었을 꼭두새벽, 나는 깨어 있었다. 3
학년이 다가오고 있었기에, 그날도 여느 날처럼 생각을 정리
하다, 잠깐 공부를 하다가, 이상한 생각들로 머리가 지배당
하는 것의 반복이었다. 평소보다 뭔가 불길하고 불안한 느낌
이 들었지만, 내가 뭘 까먹었나 보다 하며 대수롭지 않게 넘
겼다.

그리고 동시에,

-띠링-

알람이 울렸다. 난 미리보기로 문자 내용을 슬쩍 엿보았다.
너에게 [사진을 보냈습니다]라는 메시지가 와 있었다. 나는 또

뭘까 하며 대수롭지 않게 기지개를 켜며 알람을 눌렀다.

"씨발…."

빨간 갈색 바닥, 학교 옥상이었다.


그때 스쳤던 건 오직 '무언가가 잘못되었다.'라는 생각뿐
이었다. 한겨울의 꼭두새벽, 아무것도 걸치지 않고 그대로 뛰
쳐나왔다. 폐로 밀려 들어오는 칼바람들을 그대로 들이마시
며 정신없이 뛰기만 했다. 아마 그렇게 마주한 교문이었다. 도
착한 학교는 생각보다 평화로워 보였다. 그렇게 뛰어온 게 참
무색해질 정도로. 내 움직임들에 잊고 있었던 겨울바람이 쌩
하고 느껴졌다. 다시 폰을 들어 네가 보낸 사진을 확인했다.
그리곤 고개를 들어 시선을 옥상으로 돌렸다.

잘못 본 거였다면 오히려 좋았을 실루엣이었다.


작은 키에 단발.


어째서인지 한쪽 볼로 눈물이 타고 내려갔다. 하지만 울
고만 있을 시간은 없었다. 난 입술을 꽉 물고 본관으로 뛰었
다. 다리가 저려 계단으로 올라가는 게 힘들었지만, 엘리베
이터보다 계단이 더 빠를 것 같아서, 그냥 그렇게 올라갔다.
아직 젖지 않은 반대쪽 볼도 힘없이 적셔졌다. 끝없이 눈물

이 흐르는 걸 닦지도 않은 채 올라가기만 했다. 마지막 계단을 밟고, 옥상문을 열었다.

"진짜 와줬네."

너는 날 바라보며 울었다. 웃으며, 꽤나 찬란하게 웃으며 눈물을 흘렸다. 그리고 너는 천천히 내 시야에서 사라져 갔다. 한겨울의 쓸쓸한 옥상,

너는 그렇게 나에게서 떠났다.

천천히 옥상을 살폈다. 몇 번 발을 잘못 딛고, 휘청거리며 도착한 옥상 끝엔 노란색 슬리퍼가 한 짝 있었다. 천천히 무릎을 접어 슬리퍼를 들었다. 굽을 보니 너의 이름이 쓰여 있었다. 너의 슬리퍼를 쥐곤 멍하니 허공만 바라보았다. 까만 허공에 비친 나는 울고 있었다. 아무 소리 없이, 아무 표정 없이. 옥상 끝까지 와버려서인가. 옥상 밑이 자연스레 보였다. 이렇게 날 여기까지 불러낸 의도는 이걸 위해서였나.

바닥은 끔찍했다. 피로 물들어져 있었다. 거짓말처럼 눈이 내리기 시작했다. 목이 터져라 비명에 가까운 소리를 지르며 뒷걸음질 치자 무언가 발에 걸렸다. 네가 쓰던 수첩이

었다. 기괴하게 꺾여 있던 친구를 봐버린 탓일까. 이성을 상실한 채, 흩날리는 눈을 맞으며 수첩을 열었다.

D-DAY
마지막 장에 있었던 글자는, 그것뿐이었다.
그리고,

D-365
내 비극의 시작이었다.

# 刎頸之交

## 문경지교

"여보세요."

"유수아? 왜 아침부터 전화질이야."

"아니야, 지각하지 말라고."

"뭐야 오글거리게?"

폰 너머로 나지막한 웃음소리가 들렸다.

"너나 또 늦지 마."

"알았어, 이따 봐."

오늘은 2학년 새 학기의 첫날이다. 지옥 같던 1학년까지 끝나고 드디어 중학교 2학년이 된 것이다. 잔뜩 설레버린 나머지 평소보다 훨씬 일찍 일어났다. 그래서 그런지 괜히 윤서에게 전화를 걸어서 일어났는지 확인도 해본다. 나는 꽤나 느긋하게 학교 갈 준비를 했다. 침대에서 엉거주춤 일어나 머리를 감고, 말리고, 교복을 입고, 가방을 쌌다.

시계를 보니 벌써 8시 50분을 가리키고 있었다. 잘못 본 건가, 했다가 금방 현실이란 것을 깨닫고 현관으로 달려가 신발을 신고 소리를 질렀다.

"다녀오겠습니다!"

\* \* \*

"유수아! 내가 늦지 말랬지!"

저 멀리 횡단보도 앞에서 윤서가 소리쳤다.

"아 미안해, 내가 진짜 안 늦으려 했는…."

"됐어, 닥치고 뛰어. 첫날부터 찍히고 싶어?"

윤서가 날 마저 기다리지 못하고 신호가 바뀌자마자 뛰기 시작했다. 그때 윤서의 주머니에서 무언가 떨어졌다. 윤서가 분신처럼 들고 다니던 사진첩이었다. 저 사진첩은 한 번도 속을 본 적이 없었다. 윤서는 뛰어가다 사진첩이 떨어진 것을 눈치채자마자 내 손에서 사진첩을 낚아챘다. 자주 있는 일이었다.

윤서는 내가 초등학교 1학년이었을 적부터 쭉-, 그니까 8년 지기 친구다. 이웃이었던 우리는 같은 반이 되며 자연스럽게 친해졌고, 취미, 가족, 습관 등 모르는 게 없다. 서로 집에 수저가 몇 개인지도 아는 사이인데…. 모르는 게 딱 하나 있다면 저 사진첩 속이다. 초등학교를 졸업할 무렵부터 들고 다녔었는데, 도대체 뭔 사진이 있는 건지 아무도 그 정체를 모른다.

"이건 절대 만지지 말랬잖아."

윤서가 내 손에서 사진첩을 낚아채곤 웃으며 말했다.

"미안해. 그냥 주우려고…."

내가 머쓱해하며 웃으니 윤서도 금방 따라 웃으며 내 팔짱을 꼈다.

"빨리 가자, 진짜 지각이야."

등굣길을 따라 달렸다. 숨이 가빠졌지만 지치기 전에 교문을 지나 운동장에 도착할 수 있었다. 학교가 가까워서 다행이다.


물론 학년 첫날부터 지각이었기에 선생님들의 따가운 눈초리를 한눈에 받아야만 했다. 이상하게 또 우리 둘은 같은 반이었고, 우리를 보는 시선은 딱히 달갑지 않았다. 머쓱하게 정해진 자리에 앉았다. 하지만 윤서가 있었기에 괜찮았다. 우린 서로에게 좀 많이 의지하고 있다. 담임 선생님의 자기소개에 가까운 1교시가 끝나고 듣기에 생소한 종이 쳤다.

새로운 것이 낯설고 신기한 가운데 옆자리에 앉아 있던 여자아이가 나한테 말을 걸었다.

"안녕! 너 몇 반이었어?"

"어? 나 4반."

"앗, 거기 축제 1등 한 반 아니야?"

"맞아."

"너 이름이 수아야? 난 주현! 반가워."

"응! 이름 예쁘다. 반가워."

그렇게 주현을 시작으로, 나에게 친절하게 다가오는 사람들이 많았다. 왠지 이번엔 작년보다 더 잘 살 수 있을 거 같은 느낌이 들었다. 처음 느껴보는 호의적인 관심에 나는 몸 둘 바를 모를 정도로 행복했다.

그렇게 또 몇 교시가 더 흐르고, 쉬는 시간들이 어설프게 넘어가고 나서야 점심시간이 왔다.

또 어느새 하교 시간이었다.

"오늘 학교 어땠어?"

"생각보다 괜찮았어."

내 물음에 윤서는 시큰둥하게 답했다. 기분이 안 좋은 일이라도 있는가 싶어 화제를 돌렸다.

"윤서는 그 수첩이랑 사진첩 맨날 들고 다니네."

"수첩 이거 오늘 받은 건데?"

"매년 나눠주잖아."

"나도 작년엔 받아왔던 거 같다."


2학년의 첫날이 끝나고 하루 종일 마음이 들떠 있었다. 오늘은 엄마가 회사에서 더 일찍 돌아와 있었다. 나는 엄마 방으로 달려가 수다 떨 준비를 끝마쳤다. 엄마가 방금 막 화장을 지운 얼굴로 로션을 바르며 나에게 말을 걸었다.

"오늘 첫날 어땠어? 재밌었어? 친구는 많이 사귀었고?"

"응! 다 착했어. 같은 초등학교인 애들도 거의 없어서 너무 좋아."

"정말? 기분 좋았겠네~ 윤서는? 윤서랑 같은 반이라며."

"윤서는…. 나랑은 잘 다녔어. 신기하고 재밌다고 했는데, 이상하게 우리 반 애들이 윤서한테는 말을 안 걸어주더라고."

"안됐네…. 수아가 잘 챙겨줘야 돼. 윤서는 소극적이잖아, 수아는 너어무 외향적이어서 탈이야."

"알았어~ 그래도 윤서같이 성격 좋은 애가 애들하고 못 어울릴까."

"그래도 혹시 애들이 윤서 소문 알고 멀리하는 걸지도 모르지? 다른 일은 없었어?"

"응!"

일찍 퇴근한 엄마와 그런 시시콜콜한 얘기들을 나누고

잘 시간이 되어 방으로 들어와 습관처럼 짧은 일기를 썼다.

**3월 2일** ─────────────────────────

오늘은 2학년의 첫날이었다. 신기한 것들투성이였다. 내가 2학년이 이렇게 빨리 될 줄은 몰랐다. 작년부터 쭈욱 다니던 학교였지만 이상하게 전부 새로웠다. 친구들도 착하고 학교도 은근 즐겁다. 근데 가끔씩 불안하긴 하다. 2학년까지 전처럼 망쳐버릴까 봐. 또 이상한 소문에 휩싸이는 건 아닌지, 불안해진다. 괜찮다. 아마 괜찮을 것이다. 하지만 난 지금이 너무 행복하고 벅차서, 잃게 되더라도 이 행복을 누리고 싶어져 버렸다.


그다음부터는 아침이 밝을 때마다 학교 가는 것이 설렜다. 학교에 가는 게 설렌다니….

오랜만에 느껴보는 감정이었다. 초등학교 때나 작년이나 분명 하루하루가 지옥과 다름없었는데 말이다. 상쾌한 기분에 한동안은 평소보다 개운하게 일어났지만 안타깝게도 지각을 면하지는 못했다. 윤서는 기대를 할 틈도 없이 여느 때와 다름없게 아침마다 나를 재촉했다. 이 정도면 윤서에게 미안할 짓을 하고 있는 것 같다.

뭐가 됐든 나는 윤서를 쫓아가느라 역시 아침부터 힘을 다 뺐다. 윤서는 늘 아침마다 일찍 일어나는 것 같다. 나보다 늦는 걸 한 번도 본 적이 없다. 항상 화장을 하고 오는데, 보기 싫을 정도는 아니어서 나는 그냥 예쁘다고 생각하고 있다. 항상 애매하게 늦잠을 자 지각을 겨우 면하는 나로서는 그저 대단해 보일 뿐이었다. 그리고 그날 역시 힘겹게 뛰어 교실에 도착한 우리였다.

"수아 안녕!"

"응 안녕!"

이주현, 그 옆자리 여자애는 날 볼 때마다 살갑게 인사를 해준다. 아침마다 반겨주는 그 작은 인사들이 너무 고마웠다. 이런 호의 역시 몇 달 전까지만 해도 겪어보지 못한 것들이어서 더욱 그랬다. 하지만 윤서가 옆에서 눈치를 보고 있었던 것을, 그때까지 나는 알지 못했다.

무시하고 싶었던 걸지도 모르겠다.

윤서는 1학년 때 방송부에 합격해 방송부원이 되었고, 덕분에 아침 일찍 하는 조례시간과 점심시간마다 보이지 않았다. 그래서 나는 매 학년 그 시간 동안 같이 놀 친구들을 찾아다녀야만 했다.

그래서 나는 이주현과 신가연이란 친구와 3명이서 다녔

다. 쉬는 시간엔 윤서랑도 같이 놀려고 애를 썼지만 이상하게 보는 친구들의 시선 때문에 윤서랑은 등교랑 하교만 같이 이어갔다. 점심시간이 길었으니 그만큼 공백을 채워줄 애들이 필요하기도 했다. 언제까지 계속 도서실에서만 있을 수는 없는 노릇이라서.

그래도 꽤나 행복한 나날들을 보냈다. 윤서는 제일 친한 친구에서 그저 등하교를 같이 하는 친구가 된 느낌이지만. 뭐, 서로를 가장 잘 아는 친구임에는 아직 변함이 없으니까 멀어졌다는 생각은 하지 않았다. 여전히 이동수업이 있을 때나 고민이 있을 때 늘 윤서를 찾는 나였고, 심지어 같은 반인데 그렇게나 빨리 멀어질 수는 없는 노릇이었다. 아직 1학기니까 윤서도 금방 다른 무리 친구들과 어울릴 것이라고 믿었다.

그러나 놀랍게도 예상은 반은 맞고, 반은 틀렸다. 나에게 다가오는 새 친구들은 많았지만 윤서는 내가 아니면 혼자 다닐 때가 많았다. 계속 같이 다녀주진 못했지만, 내 역할은 다하고 있는 것 같아 외면했다. 윤서가 내성적이긴 하지만, 같이 놀면 외향인 내향인 따질 거 없이 재밌고 좋은 친구였다. 애들이 그걸 몰라주는 거 같았다. 일부러 새로운 친구들하고 놀 때마다 윤서에게 다가가 말을 걸었는데, 그때마다 친구들은 자기들끼리 조용한 눈빛을 나누다가 이내 조용히 떨어져 나간다. 다들 암묵적으로 윤서를 멀리하는 것처럼 느껴졌다.

학기 초부터 누군갈 싫어한다는 건 말이 안 되지만 나도 겪어본 것이기 때문에 윤서를 아예 무시할 수는 없었다. 그래도 친구들을 한번 믿고 지켜보기로 했다. 하지만 그렇게 애매한 시간이 지나고 날이 풀리기 시작하는 4월까지도 달라지는 것이 없자, 나는 이 미움이 그저 윤서의 성격 때문이 아니라는 것을 느꼈다. 정말 모두가 윤서 일을 알고 있는 것 같기도 해 불안해졌다.

하지만 윤서는 한 게 없는데 모두에게 미움을 산다는 것이 이해되지 않았고, 이해할 수 없었다. 나는 몰라도 윤서는 정말 착한 애여서, 이런 식으로 놔둘 수는, 방관할 수는 없었다.

무엇보다도 나랑 가장 가까운 친구였다.

끝없는 의심과 의아함의 반복에 결국 한 체육 시간, 나는 친구들에게 말을 꺼냈다.

"얘들아, 너네 윤서 싫어해?"

"황윤서?"

순간 공기의 흐름이 울렁거렸다. 또 내 말 한마디에 다들 자기들끼리 이상한 눈빛을 주고받고 있다.

"근데 그건 갑자기 왜? 딱히 뭐 그런 일 없지 않았나…?"

가연이가 주머니에 손을 넣고는 말했다.

"아…. 그냥 내가 윤서랑 얘기할 때만 너네가 나 피하는 기분이라."

"아니 그건 우리가 너랑은 친해도 황윤서랑은 별로 안 친하잖아, 둘이서만 얘기해야 되는데 우리가 방해될까 봐 빠져준 거지."

"그런 거였어? 고마워. 오해해서 미안해."

"아니야, 오해할 수도 있지 뭐. 나 같아도 오해했겠다."

주현이가 가연이 말을 이어받아 말했다.

하지만 나는 봤다. 철저하게 깔린 웃음들 속에서 흐트러진 웃음의 주현이를.

하지만 잠시 의아심을 버려두기로 했다. 새 학기부터 친한 친구들과 싸워야 할 이유도 없고, 갈등을 만들고 싶지도 않았으니까.


그렇게 몇 주가 흘렀다. 윤서랑은 점점 멀어져만 갔다. 나는 조례시간과 점심시간뿐만 아니라 유일하게 윤서랑 같이 있을 수 있는 쉬는 시간까지도 신가연과 이주현에게 끌려다녔다. 이 상황이 그리 달갑지는 않았다. 방송부는 점점 더 바빠져, 윤서는 등교마저 나보다 30분은 일찍 해야 했다. 안 그래도 애매한 지각이 일상인 내가 그걸 맞추기엔 너무나도 버거워서, 하교만을 같이 하는 친구가 돼버렸다.

우리가 친한 소꿉친구라는 타이틀에 맞지 않게 된 느낌
이었다. 늦었지만 이제라도 바로잡아야 한다는 생각에 휩싸
여 무리에 제대로 끼어 놀지 못했다.

"우리 윤서도 같이 껴서 놀면 안 돼? 어차피 우리 3명이
라 홀수잖아."

나는 어느 날 이주현에게 말했다. 안 그래도 신가연과 이
주현, 둘이서만 더 친한 모습에 소외감을 느끼기도 했다. 하
지만 그렇다고 윤서랑만 놀자니 무리에서 떨궈진 느낌이 들
거 같았다.

내 말을 들은 이주현은 당황하기 시작했다. 굳이 싫어하
지 않는다면 저런 반응까지 나오진 않았을 텐데… 아무리
생각해도 의아했다. 신가연은 내가 이주현과 둘이 있는 모
습이 아무래도 불편했는지, 다가와 말을 걸었다.

"둘이 무슨 얘기해?"

이주현은 웃었다. 신가연이 오니 안심하고 그제서야 입을
열었다.

"수아가 윤서도 같이 놀자고 해서, 4명이서."

그러자 신가연의 표정도 함께 차차 굳었다. 신가연은 헛
웃음을 한번 하-, 하고 내뱉더니 입을 열었다.

"우리는 황윤서가 좀 불편해서."

이주현이 눈치를 보기 시작했다. 이제서야 대충 이 기류의 의미를 알 수가 있었다.

"왜 불편한데?"

"그냥 걔 약간 음침한 거 같아. 그치? 유명하잖아."라며 주현을 팔꿈치로 툭툭 친다. 그럼 이주현도 잇따라 응응 그치 하며 맞장구를 쳐준다. 나는 거기에 대고 욕이라도 하고 싶었다. 하지만 욕도 맞장구도 하지 못한 채 그냥 눈알을 내리고 머리를 굴릴 뿐이었다. 그런 나를 보며 비웃듯이 이주현과 팔짱을 끼는 신가연이었다.

그런 신가연을 보며 사람을 잘못 본 거 같다고 후회했다.

* * *

그날 이후 나는 신가연과 멀어지기 시작했다. 속히 말하는 잘나가는 애들도 신가연과 마찬가지로 나를 싫어하기 시작했지만, 이제 이런 이간질들은 하도 많이 당해 익숙했다. 저들이 계속 내 뒤에서 하는 말들이 가끔 거슬리긴 했지만 딱히 상관하지 않기로 했다. 윤서는 전처럼 밝아졌다. 나는 걔네 말을 듣고도 반박하지 못한 걸 사과했고, 윤서는 당연히 그럴 수도 있다며 웃으며 받아줬다. 이 정도면 충분하다고 생각했다.

刎頸之交                                                    21

며칠 후 이주현이 사과를 하러 다가왔다. 신가연이 이주현을 무리에서 떨궜다는 소문을 듣지 못한 것은 아니었지만, 이렇게 바로 사과를 하러 오니 당황스러운 건 어쩔 수 없었다. 나에게는 친한 친구랑 이간질해서 미안하다고, 윤서에게는 의도치 않게 휩쓸려 따돌려서 미안하다고 진심으로 사과했다. 그래도 나는 주현이가 본성은 착한 애라고 믿었기에 사과를 받아주었다. 윤서는 주현이를 토닥이며 오히려 중간에서 마음고생 많았다며 위로해 주었다. 정말이지, 이런 윤서를 싫어하는 건 말이 안 된다는 생각이 든다.

　주현이도 윤서의 행동에 놀랐는지 나에게 문자를 보냈다. 자신이 단단히 오해한 거 같아 부끄러웠다고 한다. 나는 다시 윤서랑 전보다 훨씬 더 각별하게, 학교에서는 주현이까지 껴서 놀기 시작했다.

　주현이는 가끔씩 신가연네 무리가 자기를 지나갈 때마다 째려본다고 울다시피 말했지만, "쟤네가 할 줄 아는 게 저거밖에 없어서 그래."라고 윤서랑 나는 늘 말해준다. 그럼 주현이도 금방 환하게 따라 웃는데, 이 얼굴이 좋다.

　집에 들어와서 가장 먼저 가방을 바닥에 내팽개쳤다. 그리곤 아늑한 내 방 침대, 이불 속으로 몸을 던졌다. 옷도 갈아입지 않은 상태였다. 누가 보면 더럽다고 할지도 모르지만, 조금만 쉬고 싶었을 뿐이다. 진짜 잠깐만, 이대로 아주 잠깐만…. 눈을 감았다.

눈을 뜨니 새벽이었다. 공허한 풀 냄새의 새벽. 어떤 것도 보이지 않았다. 나는 아직 교복을 입고 있었다. 식은땀이 등을 적시고 목을 태워서 주방으로 나가 찬물을 들이켰다. 다시 방으로 들어가려다가 뜬금없이 산책이 가고 싶어졌다.

안방 문을 살짝만 열어 엄마가 자고 있는지 확인했다. 교복 위에 얇은 겉옷을 챙긴 뒤, 얕게 세수를 하고 집 밖을 나섰다. 그래, 이 시원한 공기를, 시원한 새벽을 이럴 때가 아니라면 언제 제대로 맛봐.

슬리퍼를 끌고 나와 생각을 비웠다. 귀에 강하게 꽂아둔 무선 이어폰에서는 긴 새벽감성 플레이리스트가 흘러나오고 있었다. 익숙한 동네를 지나, 처음 보는 거리까지. 핸드폰으로 지도앱을 켜서 다시 우리 동네로 돌아올 때까지 계속 걷고, 또 걸었다.

바쁜 일상에서 한 걸음 떨어져 다시금 나를 바라보니 다시 1학년 때처럼 돼버릴 것만 같았다. 다시 초등학생이 되어 그 구렁텅이에 빠져버릴 것만 같았다. 다시는 돌아가고 싶지도, 이름도 꺼내고 싶지도 않은 사립초등학교의 일원이 된다면 그걸 다시 버텨낼 수 있을지 나는 절대 장담하지 못하겠다. 그 외에는 어떤 생각도 하지 않고 정말 그저 걷기만 했다.

刎頸之交                                                                    23

집으로 돌아오자마자 기절하듯이 잠이 들었다. 아마 지독했던 불면증은 이 정도면 완치가 아닐까 싶다. 여느 때와 변함없이 머리를 감고, 교복을 입고 한창인 여름의 학교를 마주하려 한다. 어느새 7월이다. 요즘엔 엄마의 출근 시간이 늦어져, 아침마다 나를 학교에 태워다 줄 여유가 생겼다. 아침은 나에게 이렇게나 평화로운 시간이라, 이런 잠깐의 시간 동안 엄마랑 또 수다를 떨어본다. 어제 학교는 어땠는지, 왜 교복도 벗지 않은 채로 잠들었는지. 저녁도 안 먹고 잠들어 버린 건데 배가 고프진 않은지. 사실 일방적인 엄마의 질문 세례지만 나에 대해 이리 만사 궁금한 사람이 있다는 것조차 사실 꽤나 행복한 일이다.

"학교 잘 다녀와~ 학교 끝나면 전화하고!"

"나 참, 내가 애야? 걱정 말고 일 잘 갔다 와."


윤서와 주현이와 크게 싸웠다. 학교에 등교할 때까지 모르던 사실이다. 반에 들어서고 기류가 이상하다는 것은 알았지만, 주현이가 쉬는 시간에 날 찾아와 말해줬다. 사실 처음엔 늘 그랬듯 윤서와 나의 사소한 말싸움이었는데, 주현이가 말리려 끼어들었다가 윤서가 말실수를 했다. 의도치 않게 셋의 사이가 모두 하루아침에 틀어졌다.

셋이 모이면 냉전에 가까웠다. 2학년이 돼도 아침방송은 계속해야 됐기에 윤서는 보이지 않았지만, 주현이랑은 어떻게 해야 될지 고민됐다. 사실 주현이는 윤서가 한 말에 기분이 상한 거지만, 결국 이 모든 말다툼의 원흉이 나라고 해도 할 말이 없었기에, 어쩌면 주현이가 나를 원망하고 있을지도 모르겠단 생각에 차마 내가 먼저 말을 걸지는 못했다. 그 생각은 아마 주현이도 마찬가지였던 거 같다.

그렇게 우리 셋은 그 누구가 먼저 말을 꺼내도 이상한 상황에, 누가 먼저 말을 꺼내주길 바라는 모순된 생각을 남에게만 떠맡기고 있었다.

사실 나 빼고 둘이서만 있으면 내가 무리에서 빠지게 되는 거 아닌가 걱정돼 반에 남아본 적도 몇 번 있지만 서로 아무 말도 없이 각자의 자리에서 숙제를 하거나, 책을 읽기만 했다. 안도와 동시에 걱정도 함께 몰려왔다. 이대로 계속 말을 안 하면, 혹시라도 정말 둘 다 잃게 될까 봐 불안해서, 그냥 그래서 필통에서 커터칼을 꺼내 들었다.


"뭐 하냐 유수아?"

황윤서 목소리다. 그 지독하리만치 익숙한…, 그 익숙한 목소리에 나는 새어 나오는 눈물을 참을 수밖에 없었다.

"너…. 내가 건드리지 말랬지."

"애들 본다."

그제서야 황윤서는 주변 애들이 나를 힐끔힐끔 바라보는 것을 눈치챘는지, 상처가 난 손목을 강하게 잡고 나를 화장실로 끌고 갔다.

"따가워."

"닥쳐."

윤서는 억지로 내 손목을 세면대에 씻겼다.

흐르는 물이 상처를 씻어주진 못했지만, 내 상처에 나 대신 울어주고 있는 윤서의 눈물이 내 상처를 씻겨줬는지도 모르겠다.

"왜 참견이야."

"너는 참견을 안 하게 생겼냐."

윤서는 수도꼭지를 잠그고는 내 어깨를 쳤다.

"너 나 죄책감 들게 하려고 일부러 이러냐? 미친 소리 하지 말라고! 내가 괜히 너한테 나랑만 있으라고 떼써서 그래. 내가 갑자기 지난 얘기까지 괜히 들먹여서 그래. 너랑 이주현은 잘못 없다고!"

그래, 윤서는 늘 이렇게 나만 생각했다. 나보다 더 힘든 과거에도 나를 덜 힘들게 만들려 애썼다. 나를 너무 잘 아는 애가 이래서 위험한 것이다.

"너나 자책하지 마. 얻는 게 뭔데 그렇게 해서!"

내가 소리치자 윤서는 동공이 심하게 흔들렸다. 이내 눈물을 왈칵 쏟아내며 말했다.

"너 얼잖아."

"나 따위를 왜? 있어도 별 쓸모없잖아!"

"씨발 그따위로 말할래?"

"욕 작작해. 이러려고 너랑 얘기한 줄 알아?"

윤서는 머리를 쓸어 넘기며 한숨을 크게 쉬었다. 그리곤 주머니에 손을 넣었다. 윤서의 눈물은 전혀 가실 줄을 몰랐다. 눈물을 훔치며 윤서는 입을 열었다.

"미안해. 흥분했어."

누가 그때 화장실 칸 안에서 우리 얘기를 엿들었다면 정말 쪽팔렸을 테다.

"됐어. 나랑 화해하고 싶은 거지?"

"응….."

"하…, 그럼 그냥 그렇게 말을 하라고 제발. 뭐가 그렇게 꼬였어."

우리는 초등학교 때부터 잘 맞지 않는 성격에 정말 많이 싸웠다. 그럴 때마다 나한테 먼저 다가오는 건 윤서였지만, 가끔 정곡을 찌르는 말들에 괜히 내가 욱하곤 했다. 그래서 더 크게 싸운 날들도 많았다.

"주현이한테는 뭐라고 말하게."

"…내가 알아서 말할게. 유수아 너 그거 하지 마."

"알았어. 먼저 말 걸어줘서 고맙다."

"난 너 상처 낸 거 별로 안 고마우니까 하지 말라고."

"알았다니까."

약간 투덜대고, 쌀쌀하지만 우리의 방식은 잘 맞았다. 아마 내일부터면 다시 아무 일 없다는 듯이 같이 시간을 보낼 것이다. 서로가 소중했기에 가능한 일이었다.

# 刎頸之交

**문경지교**

생사를 같이할 수 있는 매우 소중한 벗.

# 會者定離
## 회 자 정 리

"나 9월에 전학 가."

주현의 당황스러운 한마디에 윤서랑 나 둘 다 급식을 다 먹지 못하고 사레가 들렸다.

"미안, 이제 말해서. 나 전학 가도 나 잊으면 안 된다?"

"아니…. 그건 당연한 건데, 갑자기?"

"응. 우리 언니가 몇 주 전에 가출해서, 엄마가 대치동으로 이사 가재. 원래 자사고였거든 언니가."

나는 다시 한번 힘겹게 콜록댔다. 윤서는 기침을 하는 대신에 세상에서 할 수 있는 한 가장 측은한 표정으로 주현을 바라보았다.

"뭐야, 왜 그렇게 봐."

주현이 말하자 윤서는 황급히 대답했다.

"아아, 기분 나빴으면 미안해. 그냥 약간 넌 원래도 공부 잘하니까."

"나라도 자사고 보내겠다는 생각인가 봐. 어쩔 수 없지."

"지금 8월 중순인데 너무 늦게 말해주는 거 아니야? 조금 서운하다야~"

윤서는 장난으로 조금이라도 주현의 마음을 가볍게 하고 싶었는지 가볍게 말을 했다.

"나 가기 전에 우리 파자마 파티라도 할까? 우리 만난 시간 너무 짧잖아. 너네는 오래됐는데…. 너네에 대해서 좀 더 알고 가고 싶어!"

"그렇게 말하니까 어디 뒤지러 가는 거 같잖아. 알았어. 너 이사 가기 전에 파자마 파티 하자. 윤서는 할머니랑 살아서 곤란하구, 우리 집에서 할까?"

"그래, 그러자. 우리 집보단 수아 집이 더 편할 거야."

"좋아! 이번 주 금요일에 다들 약속 없지?"

"이번 주 목요일이 방학식 아니야?"

"애매하잖아."


그렇게나 단순하게 이루어진 우리의 약속은 금방 현실로 다가왔다.

"아줌마는 일 갔다 올 테니까 재밌게 놀아!"

엄마는 그렇게 회사로 가고 주현이와 윤서는 우리 집을 구경하기 시작했다.

"너네 집 오랜만에 온다."

윤서가 말했다.

"그치? 인테리어 좀 바꿨는데."

"우와…. 수아 잘사는구나. 어머니가 사업하신댔나?"

"맞아."

윤서는 웃었다. 그저 웃음이었지만, 조금 씁쓸해 보였다.

그렇게 낮 동안 한참을 노닥거렸다. 해가 저갈 때 우리는 슬슬 잠옷으로 옷을 갈아입고 침대 위에 동그랗게 모여 앉아 이야기를 시작했다.

"아직 해도 다 안 졌는데 벌써 잠옷이야?"

내가 물으니 주현이는 당연한 듯 대답했다.

"이래야 좀 파자마 파티 같지 않겠어?"

"그렇기도 하겠네."

무서운 얘기는 너무 진부할 것만 같아 무엇을 할까 고민하다가 주현이가 우리에 대해 더 알고 싶다 했던 걸 기억해냈다.

"윤서랑 내 얘기 해줄까? 우리 얘기 다 하고 너도 네 얘기 해주는 거야."

"좋다! 듣고 싶었어."

우린 분위기를 내기 위해 불을 껐다.

"초 켤까, 무드등 켤까?"

내가 묻자 윤서가 퉁명스럽게 대답했다.

"밀폐된 곳에서 초 오래 켜면 죽는대. 무드등 켜."

"오케이."

나는 작은 달 모양 무드등을 켜고 다시 침대로 올라갔다.

"나부터 시작할까?"

"그래 그럼 수아부터."

"나에 대해서라…."


"초등학교 때 이상한 소문이 돌았었어, 4학년 때. 윤서랑은 1학년 때부터 아는 사이여서 별 상관은 없었지만 신경이 아예 안 쓰이진 않았을 거야….

'쟤 어른이랑 사귄다는 거 진짜야?'

'야 유수아, 너 진짜 어른이랑 사귀어?'

'더러워.'

내가 들어도 참 더럽고 역겨운 소문이었어. 누가 나보고 누가 봐도 성인처럼 보이는 사람이랑 손잡고 걷는 걸 봤다고 하더라고. 아빠라고 치기엔 어려 보였다고. 그것도 호텔에서 같이 나왔다며 말이야.

아무리 사촌 오빠였다고 해명을 해봤자 들어주는 사람

이 없었어. 아무리 그때 호텔촌 근처를 걷고 있었다 해도, 그냥 많이 어린 사촌 동생 챙겨주던 사촌 오빠는 뭔 죄냐고 도대체.

'야, 수아 그런 적 없다잖아! 사촌 오빠라는데?'

'그게 진짜겠냐?'

'윤서 너 유수아랑 어릴 때부터 친했잖아! 진짜 사촌 오빠 맞아?'

그때 윤서는 아무 대답도 하지를 못했지. 뭐 그렇다고 이제 와서 원망하지는 않아. 그래야만 했던 사정을 알거든. 그리고 그때조차 원망하지 않았어. 그 후 소문은 거의 기정사실화됐지만 나를 믿어주는 건 윤서밖에 없다고 생각했었으니까. 그리고 그나마 나를 믿을만한 사람한테 말해봤자…, 그냥 소문은 잦아들게 돼 있다며 참으라는 말뿐이었어. 그 말을 듣고 꾹꾹 참은 나도 참 한심하지. 잦아들기는커녕 학년이 올라갈수록 오히려 점점 소문은 부풀어 가기만 하고, 내 상태는 점점 악화되기만 했어. 그사이 가족끼리 자잘한 갈등들이 겹쳐서, 우울증, 불면증, 별의별 정신병들에 다 시달렸지. 차를 마시고 저녁부터 누워 있지 않으면 잠드는 게 너무 힘들었어. 중학교 1학년 때까지 소문이 계속되다가 이제서야 조금 잠잠해졌네. 이제는 좀 만족해. 아직은 좀 무섭지만."

"다행이다…. 지금은 괜찮아져서."

"응, 꽤? 다행이지."

"이런 얘기라…. 윤서는?"

주현이 물었다.

"나는 별거 없어. 어렸을 때 부모님이 동반자살 하셨어."

정적이 흐른다.


"하하…. 우리 딴 얘기 할까? 내 얘기 해줄게!"

급격하게 싸늘해진 분위기에 주현이는 분위기를 풀려 일
부러 말을 옮겼다. 윤서랑 나도 그저 고개를 끄덕이고 주현
이는 안심한 듯 이야기를 이어나갔다.

"우리 언니 가출한 거까진 저번에 급식실에서 말했었지?
언니가 내년이면 성인인데…."

"헐, 성인 되기 직전에 가출하신 거야…?"

"응. 자사고 다녔었는데, 학교에서 방과 후 수업까지 하거
든. 그래서 집에는 10시쯤 들어왔었는데 그날따라 안 들어
와서, 실종신고 했었어."

"그래서 지금은 집에 들어오셨어? 왜 그러셨대?"

"응, 스트레스 때문에 그랬대."

"교육이 문젠 거지, 이건."

"문제 맞아. 언니는 그냥 인생 포기한 거처럼 살아. 그래

서 부모님이 나한테 기대를 걸기 시작하시는 거 같아."

어쩐지 최근에 주현이가 도서실에 자주 보이긴 했었다. 그냥 곧 방학이라 공부하려 그러는 줄 알았는데 아니었구나.

"가출하신 지 얼마 안 된 거 아니었어? 왜 벌써 그렇게…. 괜찮아?"

"진짜 괜찮아. 나보다 엄마 아빠가 더 상심이 크겠지."

"그래도 주현이 너 언니랑 사이좋지 않았어?"

"아니야 다 옛날얘기지. 언니 자사고 간 다음부터는 만날 일도 많이 없었어. 그나마 다행이지."

그렇게 말하는 주현의 볼 끝으로 눈물이 흐르는 걸 보니 전혀 신빙성이 없었다.

"안 괜찮은 거 맞지."

내가 물었다. 주현이 얘기를 듣고 내가 한 첫마디였다. 내가 봐도 꽤나 쌀쌀한 말이었다.

각자의 이유로, 각자의 사정으로. 고통받고 살아가며 버티는 우리라는 이름의 청춘들은 굽혀질 줄을 모르면서도, 썩어가고 있었다.

"응. 안 괜찮나 봐."


즐거운 추억을 남기기 위해 연 파자마 파티는 윤서의 눈물 몇 방울과 함께, 주현이와 나의 끊임없는 눈물과 함께, 파도처럼 물에 빠져 지나갔다. 하지만 그냥 재밌는 파자마 파티보다 훨씬 의미 있는 추억으로 남을 것이다. 아마 우리에겐 잊을 수 없는 바다의 파도일 것이다. 모든 만남엔 이별이 있듯이, 모든 어긋남들엔 열쇠가 있듯이. 우리의 이별이 많이 성숙하길 바란다. 그저 생겨야 할 이별이었고, 우리 이별에 끝은 없을 테니까. 주현이는 전학을 가더라도 우리를 잊지 않을 거고, 윤서랑 나도 주현이가 전학을 가도 결코 잊지 않을 것이다. 서로의 마음속에서 죽지 않고 살아 있다면, 나는 그걸 이별이라고 부르지 않기로 했다. 애처로운 추억으로 남는다 하더라도 살아 있으면 된 것이다. 그냥, 그렇게 생각한다. 우린 그날 울다 지쳐 다 함께 잠이 들고, 무드등은 아침까지 켜져 있었다.

정말 초를 켰다면 위험할 수도 있었겠다. 주현이는 개학하자마자 전학을 갈 수도 있을 것이라며, 이 추억을 시작으로 많은 추억을 쌓길 바란다고, 짧은 시간이었지만 소중했다고, 문을 나서며 말했다.

"누가 보면 영영 못 만나는 줄 알겠네."

윤서가 말하자 나도 고개를 끄덕이며 웃었다.

"그러게, 꼭 다시 만날 텐데."

"이제 유수아 도서실 갔을 땐 누가 놀아주냐~"

"또 비아냥거리지."

"이게 뭐가 비아냥거린 거야. 그냥 팩트지."

"할 말 없네."

주현이가 떠나고 윤서랑 나는 우리 집에서 어제 놀다 만 흔적들을 처리했다. 같이 쓰레기를 줍다 윤서가 말했다.

"너 옛날얘기 꺼내도 괜찮아? 아직 힘들잖아."

"내 주변 애들 알잖아. 다 좋은 사람들이야, 괜찮아."

"그래도, 너 옛날얘기 꺼내는 거 진짜 싫어하면서."

"이제 괜찮다니까 그러네."

"그럼 다행이고."

"그러는 너는, 부모님 얘기 나오는 거 안 좋아하면서."

"주현이니까 괜찮아."

"얼씨구 지랄을 한다."

"유수아 너 나한테 욕 옮았냐?"

"주현이 앞에서 가식 떤 거지. 너한텐 막말해도 되잖아?

"이년이?"

뭐, 우울한 얘기들이 약간 섞여 있을지 몰라도, 사정이 없는 인간은 아마 세상에 없을 것이다. 부유하게 태어나 평생을 사랑받고 산 사람마저 모두 그만의 고충이 있을 것이다. 윤서도 나도 우리 모두가 그랬으니, 사실 모두가 그러길 몰래 바랐던 거다.

윤서까지 집을 떠났다. 집은 어쩐지 평소보다 공허했다. 같이 놀던 침대에 아직도 온기가 남아 있는 듯했다. 그 온기에 온몸을 던졌다가, 마음속이 허해져 그냥 온기를 제 발로 떠났다. 그날 나는 떠나간 온기들 속에서 나의 온기를 최대한으로 끌어 담길 연습했다. 철학이라 하기도 애매한 행동 속에서, 나는 나를 좀 이상하게 보았다.

난 그제서야 에어컨을 켰다. 끝나가는 여름이었지만 약간 애매하게 더웠다. 나는 냉장고에서 차가운 물을 꺼내, 벌컥벌컥 마시고는 거실 바닥에 누웠다. 그래, 이대로 이렇게만, 정말 이대로만 행복하면 좋겠다고, 그렇게 생각했던 것 같다. 그 잘난 망상이 얼마나 유지될지도 모르고 말이다.

다음 날 난 학교에 가지 않았다. 방학이었다. 짧디짧은 여름방학, 만남의 시간, 여행의 기간. 사실 겨울방학에 공사를 하겠다며 여름방학이 엄청나게 줄어들었다. 억울했지만 어차피 여행을 갈 일도 없었으니 나는 그저 그러려니 했다. 이주현이는 정말 전학을 가서도 우리에게 끊임없이 연락을 해주었다. 어느 날은 단발을 했다며, 길었던 머리는 기부했고 정말 자랑스럽다고 말했다. 다행이라고 생각했다.

나는 어둠 또는 빛 속에 누워 엄마가 퇴근할 때까지 기다렸다. 아 참, 오늘은 아빠도 오는 날이다. 뒤척이며 본 구름 끝에선 노을이 흘렀다. 딱 이런 날을 원했던 것 같기도 하다. 나는 지금 행복한 건가? 내가 사랑하는 하늘을 보고 있는데 불행한 건 아닐 것 아닌가. 아니, 그것과는 별개로 점점 더 불행해지고 있는 것일까. 엄마가 오면 물어봐야지. 아마도 엄마는, 알고 있을 수도 있을 것 같다. 15살의 나는 그랬다.

　"엄마 왔다~"
　이 한마디에 날 듯이 기뻐서, 나는 방문을 열고 기쁘게 현관으로 뛰어나갔다. 엄마는 웃으며 나를 꼭 안았다. 애매한 온기보다는 이게 더 그리웠던 것 같다.
　"빨리 씻고 와. 할 말 많아…"
　엄마는 이런 내 칭얼거림까지 전부 받아주었다. 내가 가장 중학생다워지는 시간이지 않을까 싶다.
　"아빠는?"
　"아빠도 왔지~"
　"뭐야, 한 달 만인가?"
　아빠는 한번 일을 나가시면 2주, 길면 한 달까지도 집에 잘 들어오지 않으신다. 일터가 멀어 집까지 출퇴근할 수가 없다고 들었다. 그래서 그런지 만날 때마다 더 반가운 기분이다.

"딸, 아빠 안 보고 싶었어?"

"보고 싶었지~ 어서 와요."

정말 화목하지 않나. 우리 집은 정말이지 누가 보면 이만큼 이상적인 집이 없다. 나도 그런 우리 집이 참 좋다. 날 늘 사랑해 주기만 하는 부모님이 참 좋다.

"친구들하곤 재밌게 놀았어?"

"응! 다들 학원 있다고 아침에 가버렸네."

"그래도 오랜만에 집에 친구들 불러서 재밌었겠네."

나는 고개를 끄덕이곤 다시 방으로 들어갔다.

방에서 지는 해를 바라보았다. 사실 나는 하늘 보는 걸 좋아한다. 어디에도 의지할 수 없을 만큼 힘들고 괴로웠을 때 만들어낸 취미다. 매일 바뀌는 하늘을 오늘의 내 눈 속에 담을 수 있고, 그렇게 변해가는 하루하루가 예쁘든, 예쁘지 않든 그 자체로 사랑할 수 있게 해주었다.

이것 또한 내 삶의 원동력이었다. 하지만 오늘은 조금 달랐다. 아름답게 저물어가는 노을을 보며 눈에 눈물이 고였고, 분명 아름다운 모습인 하늘이 예쁘지 않았고, 그런 나를 보고선 속으로 말했다. '오늘은 사랑해주지 못해서 미안해.'라고. 그리고 매정하게 커튼을 쳤다. 눈 속에 담기엔 너무 따갑도록 아름다운 풍경이었다.

해가 사라진 방은 꽤 어두웠다. 불을 켤 생각이 들지 않았

다. 그냥 단순히 나를 더 깊은 우울 속으로 빠져들게 하기 위
한 행동들이었다. 행복해지고 싶다는 의지조차 없었다.

　행복이란 단어가 나한텐 그저 무겁게만 느껴졌기 때문
이다. 행복이 있었으면 늘 시련이 꼬리표처럼 뒤따라왔기에.
그래서 세상을 미워했다.

## 會者定離

**회자정리**

모든 만남엔 이별이 있다는 뜻.

# 同床異夢
## 동 상 이 몽

"수아야 안녕!"

"안녕, 오랜만."

여전히 호의적인 친구들, 이제는 윤서도 자연스럽게, 물처럼 녹아들어 있다. 그런 윤서를 이제는 모두가 반겨줄 수 있다.

"수아 그동안 학교 왜 안 왔어?"

"그냥 조금 우울한 일이 있었어."

"결석처리 되는 거야?"

"아프다 했으니까 병결처리 될 거야."

"이제 괜찮아 보여서 다행이다, 그치 정아야?"

"그러게…. 다행이다."

이정아랑 유선유는 2학기 들어 친해졌다. 주현이가 이사

가고 난 후부터 친해지고 싶다며 말을 걸어왔다. 이미 모두 무리가 있다고 생각했는데, 둘이서만 다니는 무리는 조금 다를지도 모르겠다. 유선유는 특히 친했다. 근데 특이한 게 조금 있다면, 매일 수첩을 들고 다닌다는 것이었다. 정아랑 선유도 어렸을 때부터 친한 사이였는데, 성격이 정반대인 윤서랑 나와는 다르게 성격이 비슷한 거 같다. 가끔씩 눈치가 없는 점도 아예 똑같다.

점심시간에도 나는 반에 있었다. 이날도 점심시간에 가만히 책상에 앉아 있었다. 떠들썩한 반 아이들을 가만히 바라보다가 약간 지겨워도 하다가, 윤서랑 수다를 떨다가 또 숙제를 하다가. 도서실이란 일상은 이미 사라진 지 오래였다.


"근데 선유 수첩에 매일 쓰는 거 뭐야?"

"이거? 1학기 때 담임 선생님이 나눠준 거, 기억 안 나?"

내가 고개를 갸웃하자 선유는 수첩을 빠르게 닫고 윤서의 책상을 가리켰다.

"봐봐, 윤서도 똑같은 거 써. 수첩 자체가 일기형이라 애들 많이 쓰던데?"

"아 진짜?"

지금 보니 정아 수첩도 똑같은 노란색이었다. 내가 정말 주변에 관심을 많이 안 두었구나.

"수아 수첩은 잘 쓰고 있어?"

"나는 그냥 집에 처박아두고 있지…."

"윤서랑 선유만 열심히 쓰지, 나도 잘 안 써."

정아도 수첩 잘 안 쓰는구나. 내가 남한테 무관심한 게 아니라 굳이 신경 쓸만한 일도 아니었나 보다.

확실히 주현이에겐 미안하지만, 3명보다는 4명이서 노니까 더 안정감 있는 느낌이었다. 둘이서 얘기해도 소외되지 않고 다른 한 명이랑 얘기하면 된다.

"윤서야 무슨 안 좋은 일 있어?"

갑자기 정아가 그렇게 물었다. 이제 보니 확실히 윤서의 표정이 어두운 게 느껴졌다.

"응? 아 아니야. 그냥 안 좋은 일 생각나서."라며 황급히 수첩을 덮었다. 선유나 윤서한텐 저 수첩이 단순한 의미가 아닌 것 같다. 조금 더 무게감 있는 요소였던 것 같다.

"왜~ 안 좋은 일 있었어?"

"아니야. 괜찮아." 하며 머쓱하게 웃는 윤서를 보고 선유는 자기가 내어준 걱정이 무색해진 듯이 잠시 표정이 굳었다. 하지만 티 내지 않으려 금방 다시 웃고는 "왜, 말해봐. 내가 도움이 될지도 모르잖아?" 하고 윤서의 손을 잡았다. 저 콘셉트도 참 유지가 힘들 것 같다. 물론 윤서는 손을 뿌리치고 괜찮다 괜찮다 반복할 뿐이었다. 다시 무안해지는 선유의 얼굴을 윤서는 감정에 눈이 멀어 보지 못한 듯했다.

* * *

집에 돌아와서 수첩을 찾아보기로 했다. 나 빼고 거의 다 쓴다는 거니까, 괜히 소속감을 느끼고 싶어 그랬던 것 같기도 하다. 책상 아래쪽에 먼지 쌓인 박스 속에서 노란 수첩을 발견했다. 비닐도 벗겨지지 않은 수첩을 들고 비닐을 뜯어보았다.

들은 대로 속지가 일기 형식이었다. 내 기분, 내 하루, 오늘의 날씨로 이 종이가 꽉 채워지는 것이다.

나도 일기 쓰는 것을 즐기는 편이라 오늘의 일기는 이 수첩에 써보기로 했다.

### 11월 2일

오늘은 특이한 곳에 일기를 쓴다. 늘 쓰던 일기장이 아니라 어색하지만 확실히 칸이 작아 쓰는 데 부담이 없는 것 같다. 요즘 기분이 바닥에 바닥까지 가라앉는 것 같다. 그럴 때면 내가 세상에서 제일 우울한 사람이 된 것만 같은 기분도 든다. 정말이지 내 인생은 누가 설계하고 있길래 이럴까? 신이 있다면 멱살

을 잡고 싶을 만큼 원망스럽다. 나를 이렇게 물렁하고 감성적
으로 만든 이유를 묻고 싶다.


수첩에 일기를 쓰니 기분이 이상했다. 그냥 평범한 일기
임에도 그렇지 않은 것 같았다. 그래서인지 수첩 위로 내 눈
물 자국이 하나둘, 생겨나기 시작했다. 종이로 흡수된 눈물
은 잉크를 번지게 만들었다.

-띠링-

핸드폰에서 알람이 울렸다. 윤서랑 정아, 선유랑 내가 있
는 단톡방에서 온 알림이었다.
[우리 기말고사 끝나면 파자마 파티 할래?]라는 정아가 보
낸 알림에 급격히 기분이 좋아졌다. 초등학교는 물론이고 파
자마 파티는 윤서랑 주현이가 이사 가기 전에 한 번 해본 게
전부였기 때문이다.
[난 좋은데 다른 애들은?]
내가 문자를 보내자 한 명이 읽었다. 정아였다.
[애들 안 보는 거 같다. 내일 학교 가면 물어보자]
나는 그 문자에 공감을 누르고 핸드폰을 다시 책상 위로

엎었다. 생각해보니 정말 기말고사가 얼마 남지 않았다. 한 달도 안 남은 거 같다. 나는 기본적으로 공부에 관심이 많은 편은 아니지만 윤서는 자기 집안 형편에서 대학 등록금 내기는 힘들 거라고 장학금을 노리며 공부하고 있다. 선유는 목표가 인서울이고, 정아는 춤을 잘 춰서 예고를 가고 싶다고 했다. 나만 애매하게 공부를 안 하는 느낌에 학원을 등록해 보기도 했지만 너무 큰 정신적 스트레스로 그만둘 수밖에 없었다. 이럴수록 내가 너무 한심해지기도 하지만, 나도 잘하는 게 아예 없진 않으니 만족했다. 늘 그렇게 말해주는 엄마와 윤서가 있었다.

해가 저가길래 불을 끄고 책상 위의 무드등을 하나 켰다. 그리고 창밖을 바라보았다. 초고층인 우리 집에선 늘 풍경이 예뻤다. 나는 창문틀을 액자로 하는 작품을 매일 공짜로 볼 수 있음에 행복해 보기로 했다.

* * *

"수아 좋은 아침~"
"좋은 아침 맞지? 왜 아침부터 공부야."
"곧 시험인데 어떡해, 그럼~"
"뭐 그렇지…. 윤서는?"

"겨울철 안전 어쩌구 아침방송이래."

"방송부면 공부 못 하겠네. 어쩌냐."

"황윤서 독기에 공부를 안 하겠냐? 선배들 눈칫밥 먹으면서도 무조건 한다, 걔는."

"좀 그럴 성격이긴 해."

아침에 오니 확실히 평소와는 분위기가 사뭇 달랐다. 이제 3학년이 되기 전 마지막 시험이라 풀어질 법도 한데, 오히려 다들 긴장하는 거 같아 보였다.

나도 내 자리로 가 가방에 챙겨온 문제집 하나를 꺼냈다. 역시 아침이라 머리가 잘 굴러가지 않았는데 어떻게 다들 아침부터 저렇게 열심히 공부하고 있는지 모르겠다. 집은 집중되지 않는다며 엄청나게 일찍 와 공부하고 있는 학생들도 많다고 한다.

"다 자리에 앉아~"

조례를 하러 담임 선생님이 들어오셨다. 담임 선생님의 입장멘트가 무색하게 서 있는 사람은 아무도 없었고, 선생님은 흡족한 듯이 말을 이어가셨다.

"곧 기말이라 다들 긴장하고 있죠?"

선생님의 한마디에도 아이들은 꿋꿋하게 각자의 문제집을 풀고 있었다. 선생님의 말을 듣는 사람은 나랑 몇 명밖에 없었던 것 같다.

"다들 긴장하지 말고, 평소 실력대로 하세요. 다들 잘하잖아요? 1교시 준비하세요~"

선생님이 나가도 팽팽한 긴장이 연결됐다. 나는 이 긴장감이 싫었지만 합류할 수밖에 없었다. 어쩔 수 없이 나도 이 학교의 학생이니까.

조례가 끝남과 동시에 윤서도 들어왔다. 우리 반은 방송실에 아침방송을 틀지 말아달라 건의해 전교에서 유일하게 아침방송을 보지 않는 반이다. 특히 성적 상위권 학생들과 모범생이 많은 반이라, 그런 방송 따위에 방해되고 싶지 않다는 말을 방송부도 받아들일 수밖에 없었다.

"나는 윤서가 멘트하는 거 듣고 싶은데~"

오늘도 텐션이 높은 선유가 윤서에게 애교를 부리듯 말을 걸었다. 그 말에 정아가 웃으며 말했다.

"막상 방송 나오면 안 들을 거면서."

"뭐라는 거야? 윤서야 내가 사랑하는 거 알지?"

"으응 알지 알지."

나는 그 셋을 보며 그냥 차분히 웃을 뿐이었다.

"1교시 뭐지?"

"아 1교시 운동장이야…"

"추운데…. 가기 싫다. 그냥 우리 다 같이 아프다 하고 빠져버릴까?"

"또 잔머리 굴린다 유선유. 빨리 가자, 옷 껴입고."

"네에 네에."

"수아야."

"응?"

갑자기 윤서가 옆에서 말을 걸었다.

"잠깐 나랑 화장실 좀 가줄 수 있어?"

"화장실? 그래."

선생님에게 화장실에 가겠다고 말씀드린 그때까지만 해도 단순히 생리나 혼자 가기 싫어서라고 생각했다.

"무슨 일이야?"

하지만 놀랍게도 윤서는 화장실에 도착하자마자 잠시 주춤하더니, 거울을 쳐다보곤 이내 눈물을 쏟았다. 초등학교 이후로 처음 보는 윤서의 눈물에 나는 어떻게 해야 할 줄을 몰랐다. 그래서 눈이 커진 채로 윤서를 뚫어져라 바라보았다. 윤서는 힘겹게 입을 열었다.

"나…, 너무 힘들어 수아야."

순간 말을 더듬고 몸을 떠는 윤서를 보니 위로를 할 수가 없었다. 여기서 건네는 어설픈 위로는 더 상처를 곪게 만든다는 걸 나도 잘 알고 있었기 때문이다. 그래서 손을 꼭 잡고 눈을 마주쳐 봤다.

"무슨 일 있어?"

그러자 윤서는 눈물을 더 쏟고는 아예 어린애처럼 소리 내어 울기 시작했다. 몇 차례 울음소리가 들리고, 조금 진정했는지 말을 이어갔다.

"엄마가…, 아빠가 보고 싶어."

나는 엄마를 잃어본 적도, 아빠를 잃어본 적도 없다. 그래서 윤서의 상처의 크기를 가늠할 수조차 없었다. 잡았던 손을 놓고 윤서의 등을 토닥였다. 윤서가 갑자기 왜 이러는지 정확히는 알 수 없었지만, 지금까지 참아왔던 감정들이 꾹꾹 눌러 담아 터진 것이라는 것 정도는 알 수 있었다.

이야기를 들어보니 더 처참했다. 초등학교 때부터 부모님 직업을 소개할 때 아무 말도 할 수 없어서 괴로웠다는 말, 중학교에 오니 자신의 이름의 뜻을 물어보는 친구들이 있어 직접 한자를 조합해 만들었다는 말, 그 모든 순간이 괴로웠다는 말을 들었다.

"윤서야, 나는 그런 경험이 없어서 내 일처럼 공감해줄 순 없지만…, 아마 그 슬픔을 조금 나눌 순 있을 거 같아."

내 말에 윤서는 잠시 고민하더니 고개를 끄덕였다.

"지금 너의 부모님 사실을 아는 건 나랑 주현이밖에 없잖아? 그럼 주현이랑 나한텐 말해도 돼. 그니까…. 내가 하고 싶은 말은 힘들 때면 믿고 기대도 된다고. 네 편인 친구들이 이렇게 가까이 있잖아. 선유랑 정아는 네가 믿고 싶으면 믿는 건데, 이런 얘긴 많이 알수록 윤서가 더 힘들 거 같다. 그치."

윤서는 고개를 끄덕이곤 나를 끌어안았다. 그리곤 고맙다고 품속에서 속삭였다.

"우리 체육수업 날려 먹은 거 같은데…, 담임한테 혼나면 황윤서 탓인 거다."

"알았어 병신아…. 왜 내 감동 깨."

"아 감동했어? 미안 몰랐네."

"하여간 유수아."

윤서는 웃으며 눈물을 닦았다. 나도 휴지를 뜯어 건네주며, 윤서의 우울은 하나의 해프닝으로 끝이 났다. 아니, 해프닝으로 끝이 났다고 믿었다.

한 사람의 인생이 그저 해프닝일 수가 없었다. 그걸 알기엔 너무 어렸기에 나에게는 그저 해프닝이었다. 내 말이 윤서에게 얼마나 힘이었고, 또 얼마나 짐이었는지 외면했기에 가능한 해프닝이었다.

입에 발린 말로 윤서를 위로하던 내가 꽤나 위선자 같아 보여 역겨웠다.

\* \* \*

-띠링-

또 집에 도착하자마자 메시지 알림이 울렸다. 유선유였다. 선유는 우리 무리 중에서 특히 꾸미는 걸 좋아하는 아이다. 어느 사이트에선 꽤 유명한 걸로 알고 있는데, 그래서인지 최근엔 안 좋은 일을 당한 거 같다.

처음엔 우리도 최선을 다해 공감했다. 모든 사람에게는 눈물 나는 사연이 존재하는 법이고, 그것에 공감해줄 수 있는 게 믿음직한 친구일 테니까.

[얘들아 나 죽고 싶어]

미리보기칸에 써져 있는 글자들을 보고 생각했다. 자기만 힘들 것도 아닐 텐데 왜 그리 유난인지. 훨씬 힘든 일을 겪은 윤서도 잘만 사는데 뭐가 그렇게까지 매일매일이 우울할 일인지, 선유가 우리에게 거는 기대와 내뱉는 우울이 많아질수록, 우리는, 아니 어쩌면 오직 나는 이런 생각이 점점 들 수밖에 없었다.

'귀찮다.'

당연히 그런 생각을 하면서도 나 자신에게 놀랐다. 내가 심리학책을 좋아하고 관심이 있는 만큼 남의 우울엔 무조건적으로 공감하고 들어주고, 도와줘야 한다는 생각을 지니고 살았기 때문이다. 나에 대해서 괴리감이 느껴졌던 것이다. 충분히 자기혐오로 넘어갈 수도 있는 괴리감 말이다.

하지만 그땐 내가 날 싫어하기엔, 너무 어렸었다. 그래서 다른 누군가를 싫어했던 것 같다. 뭐, 예를 들자면 내가 이런 생각을 하게 만든 장본인 말이다.

단톡방은 유선유를 위로해 주느라 알림이 끝도 없이 울려댔다. 나는 귀찮아진 마음에 핸드폰 소리를 껐다. 선유가 미웠다기보단, 나 자체도 이해하기 힘들 정도로 남을 위로하기 싫었었다. 그건 이 세상에서 내가 제일 불행할 것이라는 우스꽝스러운 망상 덕분이었을 것이다.

학교생활에서 가장 중요하다고 판단되는 '소속감'. 나는 이것을 조금씩 스스로 잃어가고 있었다. 이슬 맺힌 나뭇잎에서 떨어지는 물방울만큼이나 우울한 날들이 날 그렇게 만든 걸지도 모르겠다. 날 우울로 까 내릴수록 인간관계에서 제대로 된 생각을 가지긴 어려워졌고, 누군가를 위로할 수도, 진심으로 동정할 수도 없었다. 끝없는 자기혐오는 결코 탈출구가 되어줄 수 없었다.

[수아야 자?]

밤마다 지겹게 울려오는 유선유의 문자 소리라든가. 그런 것들을 굳이 지겨워한 것은 아니었지만, 자연스레 그렇게 되었다 하면 너무 이기적인 말일까?

[아 미안, 잠들었네. ㅠㅠ 무슨 일이었어?]

매일 잠들었던 척을 하며.

[아, 아무것도 아니었어!]

우울했던 감정을 잃어버린 너와만 대화하고 싶었던 내 욕심이었나?

[아 그래? 무슨 일 있으면 연락해!]

그것도 아니면 알량한 위선이었나.

이른 주말 아침, 뭘 할까 생각했다. 핸드폰을 놓고 책상 위로 앉아 달력을 넘겼다. 1년의 마지막 달이었다. 12월이라는 글자를 보니 순간 암담해졌다.

나는 어떤 것도 신경 쓰지 못할 만큼 1년을 바쁘게 보낸 것도 아니었다. 공부도 신경 쓰지 않았고, 마지막 기말고사까지 최선을 다하지 않았다. 이런 내가 3학년 땐 잘할 수 있을지, 고등학교에선 잘할 수 있을지 의심이 가는 것이었다.

나는 잠시 고민하다 다시 달력을 거꾸로 넘겼다. 저번 달에 내가 뭘 했었는지 다시 한번 생각했다. 그리고 결심한 듯 11월을 찢었다.

\* \* \*

12월 첫날인 만큼, 일기를 쓸 다짐으로 아침산책을 나갔다. 제법 쌀쌀해진 날씨에 좀 더 두껍게 입고 나올걸, 후회하긴 했지만 덜덜 떨 정도는 아니었다. 순간 궁금해졌다. 선유는 늘 이유 없이 우리에게 인생을 포기하겠다는 말을 했는데, 이유 없는 죽음은 없을 거라는 모두의 믿음대로, 선유도 사정이 있을 테니까, 이유 없는 위로를 받는 이유는 그 사정이 단순히 깊어서일까. 아니면….

그 단순한 생각조차 하지 않으려 귀에서 흐르는 음악을 껐다. 바람만을 들으며 걷다 보니 흐르는 세계가 무색해졌다. 내가 얼마나 작은 존재인지 알고 있으면서도, 늘 영향력 있는 사람이 되고 싶어 하는 건 모든 인간의 욕구라고도 하지만, 나한텐 조금 과한 욕구이지 않았나 싶다.

아무리 아직 초겨울이라 해도 역시 아침에 맞는 바람은 좀 무리였다. 나는 가까이 있는 편의점에 들어가 따뜻한 음료 하나를 사서 목에 가져다 댔다.

조금 길게 가져다 대니 캔 너머의 열 때문인지 피부가 아팠다. 화상을 입을 것만 같았다. 그래서 그때쯤 캔을 따고 음료를 마셨다. 이젠 가벼운 한숨에도 온 세상이 동요한 듯 입김이 나왔다.

겨울도 추위를 잘 타는가 보다. 이 작은 온기에 동요해주는 것을 보면, 외로운 걸 수도 있겠다.

\* \* \*

날씨는 부쩍 추워지고 또 추워져 12월 말이 다가왔다. 들 뜬 연말 분위기에 모두가 젖어 행복해 보였다. 나도 기쁜 기분으로 캐럴을 따라 불렀다.


"수아야 우리 크리스마스 날 윤서랑 정아랑 넷이서 놀래?"

선유가 쉬는 시간 종이 치자마자 말했다.

"오 좋다, 윤서한테는 내가 물어볼게."

시험도 모두 끝났고, 다음 학년만을 기다리면 됐다. 아직 많이 남은 중학교생활에 약간은 안심했다.

"아, 벌써 크리스마스다."

"그러게."

"윤서야, 넌 행복해?"

그러자 윤서가 처음 보는 얼굴로 환하게 웃으며 말했다.

"응, 세상에서 제일 행복해."

한마디에 내 걱정들이 녹아내렸다.

"다행이다. 조심히 들어가."

집에 도착해선 까먹었던 말을 윤서에게 전했다.

[윤서야 우리 크리스마스에 놀까?]


대답이 없었다.

그 이유를 알 수 없었다.

그리고 다음 날 윤서가 죽었다.

同床異夢

**동상이몽**

겉으로는 같이 행동하면서 속으로는 각기 딴생각을 함.

易 地 思 之

역 지 사 지


　어느 날 나의 하늘은 붉었다. 깨진 유리창, 터져버린 에어백, 7살의 내 앞에 놓인 익숙하지만 온기가 남지 않은 시체 두 구. 눈을 덮으며 흘러내리는 붉은 액체, 잊을 수 없는 고통과 안전벨트에 의존하며 의식을 잃어가는 나. 커져가는 불길 속에서 구조될 때, 내 앞의 시체들은 구조되지 못했다. 함께 구조되기를 바라며 울었다. 머리의 상처는 악을 쓸수록 벌어져 갔다. 낯선 어른의 품속에서 눈을 감기 전 본 것은, 불길 속에 있던 뒤집어진 차와, 피로 물든 새하얀 눈, 반짝거리며 시끄러운 경찰차와 구급차였다. 그 후로 본 것은 하얀 병원 천장, 울다 지쳐 잠이 든 할머니, 중환자실이란 방.

　"윤서야…. 니를 우째야 할꼬."

　오랜만에 만나는 할머니는 나한테 끊임없이 되물으셨다.

어안이 벙벙했다. 하얀 방에서도, 내 눈에는 붉은색이 가시지 않았다. 여전히 동공 속에서 아른거렸다. 내 세상은 무너졌다. 언론은 뜨겁게 달아올랐다. "○○기업 사장, 부인과 함께 동반자살… 딸만이 살아남아." 같은 헤드라인으로.

어린 나는 몰랐다. 그때부터 나는 '동반자살을 시도한 부모에게서 살아남은 아이'가 될 것이라는 걸. 할머니가 나에게 그 사실을 알려줬을 땐 믿을 수 없었다. 믿고 싶지 않았다. 사실일 리가 없다고 생각했다. 엄마 아빠가 날 죽일 리가, 하고 생각해봤자 현실이었다. 내가 누워 있는 병원 침대의 촉감은 변하지 않았고, 늘 사실과 과장을 오가는 기사들이 말해줬다.

하지만 나는 운전대를 잡던 아빠를 사랑했다. 크리스마스 기념 여행을 가자며 환하게 웃던 엄마를 사랑했다. 운 좋게 부유한 집에서 태어나 외제 차를 타고 웃던 나를 사랑했다. 그래서 생각을 시간에 맡기기로 했다. 어린 나는 이 이상의 생각을 할 수 없었기에, 나이를 먹을수록 깨달을 거라는 생각을 했다. 악몽 같은 크리스마스의 충격으로 나는 한동안 아무 말도, 눈에 초점도 지니지 않은 채로 지냈다. 그저 그런 한 달의 입원생활 후 집으로 돌아왔다.

너무 넓다. 그 넓은 집이 온통 붉은색이었다. 붉은 딱지가 온 집에 붙어 있었다.

그렇게 내 유일한 자랑거리이자 복이었던 부유는 한순간에 의미가 사라졌다. 병원에서부터 꾹꾹 참고 있던 눈물이 쏟아졌다. 새하얀 대리석 바닥은 어쩌면 노란 장판보다 시리고 차가웠다. 할머니는 눈물을 꾹꾹 참고 있는 나를 보며 어른인 척 할 필요 없다면서 나를 껴안으셨다. 어른인 척이 뭔가요. 정작 어른인 할머니는, 저보다 훨씬 더 울고 있잖아요.

사람이 죽으면 장례식이라는 걸 한다고 했다. 엄마 아빠도 했다고, 덕분에 좋은 곳에 갔을 거라고 할머니가 말했다. 그리고 이제 이 집에서 살 수 없다는 말도 덧붙였다. 이해하기엔 너무 힘든 세상이었다. 왜 멀쩡한 우리 집을 떠나야 하는지도, 집 안에 붙어 있던 빨간 딱지는 무슨 의미인지도.

하지만 판단할 수 있는 게 없어서, 그저 고개를 끄덕이고, 할머니의 손을 잡고 이사를 갔다.

이사 간 곳은 내가 살던 곳보다는 차가 덜 다니고, 건물이 낮았다. 아파트가 많은 것 같았다. 하지만 새집은 티가 나게 좁아졌다. 부와 가난을 판단할 수 없었던 나에게 주어진 생각은 '슬프다.'는 것뿐이었다. 동반자살이라는 단어조차 모르던 나에게, 부모님이 나에게 저지른 것은, 그저 살인이었다. 내 생존에 처음 의문을 품었던 건 슬프게도 7살이었다.

$$***$$

　동네에 적응해갈 때쯤 봄이 오고, 입학할 시기가 다가왔다. 꽃이 피기엔 아직 좀 추운 날씨였다.

　입학식 날 나는 엄마가 전에 사뒀던 책가방을 들고 할머니의 손을 잡고 집을 나섰다. 어느 정도 걸었을까, 머리를 예쁘게 양 갈래로 땋고 웃으며 양손에 부모님 손을 잡고 있는 아이와 마주쳤다. 나 같았다. 정확히는 예전의 나 같았다. 그애는 나랑 눈이 마주쳤지만 다시 앞을 보고 활기차게 걸어갔다. 내가 잡고 있는 손이 처음으로 초라하게 느껴졌다.

　처음 들어와 본 제대로 된 교실이 신기하기도 전에, 선생님이 나를 이상한 눈으로 보고 있었다. 어렸을 때부터 눈치가 빠른 나였어서, 그 이유까진 알 수 없지만 선생님이 나를 주시하고 있다는 것 정도는 알 수 있었다.

　교과서라는 책을 처음 받았을 땐 꽤나 신났었다. 하지만 옆자리에 예쁘게 땋은 양 갈래가 앉아 있었을 땐 태어나서 처음으로 형용할 수 없는 기분을 느꼈다. 지금 생각해보면 그건 질투였을까 모멸이었을까? 아니면 꽤 구차한 초라함이었을지도.

　그 예쁜 애가 나를 보더니, 나를 기억했는지 반갑게 인사를 해왔다.

"안녕! 이름이 뭐야?"

"…황윤서."

"우와 이름 이쁘다! 우리 아까 봤지!"

"응."

"반가워! 나는 유수아야."

그게 우리의 짧은 인연의 시작이었다.

사실 좋은 감정으로 시작된 인연이었는지는 확신할 수 없다. 나는 점점 조용한 애로 컸다. 유수아는 점점 밝은 애로 컸다. 집이 바로 옆 아파트였던 우리는 등하교를 늘 같이 했고, 사소한 고민들을 서로에게 트기도 했다. 7살짜리가 무슨 고민이 있겠냐 싶지만, 얘기할 거리가 그렇게 많았던 걸 생각하면 사소하더라도 우리만의 고충은 있었던 것 같기도 하다.


평화롭던 어느 날,

"야, 황윤서. 엄마가 너랑 놀지 말래."

"뭐?"

별로 친하지 않았던 친구의 말이었다. 사실 상처받았지만, 그 이유도 짐작할 수 없었지만, 상관없다고 말하려 했다, 하지만.

"왜?"라는 물음이 제일 먼저 튀어나왔다.

易地思之 63

"너 엄마 아빠 없다며! 그런 애들이랑은 노는 거 아니래."

그날, 난 처음으로 부모님의 죽음을 실감했다. 부모님이 돌아가시고 나서 단 한 번도 내게 엄마 아빠가 없다는 생각을 해본 적이 없다. 없는 게 아니라 멀리 간 것뿐이라고, 그렇게 어렴풋이 믿고 있었다.

눈물이 볼을 따라 주르륵 흘렀다. 부모님이 돌아가시고 나서 흘리는 두 번째 눈물이었다. 어른들은 이런 나를 감정이 없는 것 아니냐라든가 무섭다고 말했었다. 교실 한복판에서 오열하는 나를 선생님도 아이들도 무시했다. 역시 꽃이 피기엔 추운 날씨였다.

"윤서야 괜찮아?!"

딱 한 송이만 빼고.

"왜 울어…. 무슨 일 있었어? 이리 와봐, 나가자."

어설픈 손으로 작은 나를 일으켜 세워 화장실로 데려갔다. 세상에서 제일 작은 나만의 화장실에서, 오랜만에 온기를 느꼈다.

그 온기는 아주 작은 서투른 토닥임이었다. 파도처럼 출렁이는 가슴이 계속 눈물을 세상으로 밀어냈다. 세상에 자연스럽게 친해진다는 일은 없었다. 의식할 수 없었지만, 유수아는 꽤 따뜻했다. 나의 추운 봄에 유일하게 활짝 핀 꽃봉오리였다.

내 소문이 잠잠해질 때 즈음엔, 이미 3년이 지나 있었다. 수아와 나는 10살이 되었고, 아주 조금 생각할 수 있는 능력이 생겼다. 그런데 이번엔 조금 다른 문제가 생겼다.

유수아가 소문에 시달렸다. 웃기는 일이다. 나는 실제 이야기를 들먹여 건드렸지만 수아의 소문은 전부 거짓이었다. 그러니 수아도 별 상관 안 할 거라는 안일한 생각에 빠져 있었다.

너무너무 안일한 생각이었다. 수아의 이미지와 수아는 함께 망가져 갔다. 나는…, 방관했다.

나는 내 소문 하나도 내 힘으로 없앨 능력이 없었다. 그런 내가, 남의 헛소문을 없애줄 수 있는 능력이 있을 리가. 도움이 안 된다는 걸 알았기에 학교에선 수아를 모른척했고, 함께 집에 가면서 힘든 수아를 위로해줬다. 이 정도면 나의 역할은 충분하다 생각했다.

수아한테는 아니었나 보다.

그게 수아한테 평생의 상처로 남을 줄은 몰랐다.

그런 상황들이 반복되며 함께 초등학교를 졸업하고, 함께 중학교에 입학했다.


전 같은 소문들은 나와 수아를 괴롭히지 않았다. 그러니 초등학생은 그저 어려서, 많이 어려서 그랬던 거라고 생각했다. 하지만 어리다는 건 생각을 충분히 하지 못할 명분이었지만 누군가에게 상처를 입힐 명분은 되어주지 못했다.

조금씩 들리는 소문은 수아의 1학년을 망쳤다. 그때도 내가 할 수 있었던 건 방관밖에 없었어서, 지금 생각하면 꽤 많이 후회스럽다.

그렇게 중학교의 2학년 첫날이었다.

"여보세요?"

"유수아? 왜 아침부터 전화질이야."

"아니야, 지각하지 말라고."

"뭐야 오글거리게?"

매일 늦는 애가 나보고 늦지 말라니 헛웃음이 다 나왔다.

"너나 또 늦지 마."

"알았어, 이따 봐."

유수아의 말을 끝으로 전화는 끊어졌다. 사실 난 거의 준비를 끝마쳤지만, 또 늦게 나올 게 뻔한 유수아 덕분에 화장을 좀 고쳤다.

* * *

"유수아! 내가 늦지 말랬지!"

저 멀리서 뛰어오는 수아는 내 생각보다 10분을 더 늦었다.

"아 미안해, 내가 진짜 안 늦으려 했는…."

"됐어, 닥치고 뛰어. 첫날부터 찍히고 싶어?"

나는 정말 지각할까 싶어 횡단보도를 뛰어갔다. 뒤에서 아무 인기척이 없길래 뒤를 돌아보니, 유수아가 내 사진첩을 들고 있었다.

"이건 절대 만지지 말랬잖아."

난 사진첩을 낚아채곤 웃으며 말했다.

"미안해. 그냥 주우려고…."

수아가 머쓱해하며 웃길래, 나도 금방 따라 웃으며 수아의 팔짱을 꼈다.

"빨리 가자, 진짜 지각이야."

사진첩 속엔 단지 부모님의 사진이 있을 뿐이었다.

* * *

유수아는 역시 인기가 많았다. 어느 정도 예쁘장하게 생기기도 했고, 아무래도 남자애들이 좋아할 스타일이란 말이지. 나에게는 1학년 때부터 자연스럽게 유수아 소꿉친구라는 수식어가 붙어 있었다.

점심시간 중 수아는 주현이라는 애랑 놀았다. 나도 1학년 땐 방송실에 가 있었지만 이번엔 교실에 가만히 턱을 괴고 앉아 있었다. 사실 몇몇 애들이 나를 보며 수군거리는 게 느껴져, 조금 죽고 싶었다. 날 대놓고 쳐다보는 애가 있길래, 명찰을 몰래 살폈다.

'신가연'

분명 아까 유수아한테 말 걸었던 애다.

나는 점심을 먹지 않았고, 점심시간이 끝났다. 지루한 5, 6교시도 끝나고 하교할 시간이 됐다. 종례시간에 담임은 작은 수첩을 보여주며 가지고 싶은 사람은 가져가라고 말했다. 내가 원래 쓰던 거랑 똑같이 생겨서, 그냥 하나 가지고 나왔다. 나는 자연스럽게 유수아에게 가 같이 하교했다.


"오늘 학교 어땠어?"

"생각보다 괜찮았어."

수아의 물음에 나는 시큰둥하게 답했다.

"윤서는 그 수첩이랑 사진첩 맨날 들고 다니네."

"수첩 이거 오늘 받은 건데?"

"아…. 전에 들고 다니던 거랑 똑같이 생겼길래."

"매년 나눠주잖아."

"나도 작년엔 받아왔던 거 같다."


나는 집에 돌아와 가방을 놓고 다시 학원에 갔다. 학원에 가서도 집중은 안 되고, 조금 우울한 생각에 빠져 있었다. 그럴 때면 사진첩을 꺼내 이젠 얼굴조차 기억나지 않는 부모님 사진을 한번 봤다. 그래도 우울한 생각이 가시지 않으면 수첩을 꺼내 줄어드는 숫자를 바라봤다.

D-298

조금만 더 버티면, 자살할 용기가 생길 날이 온다. 크리스마스에, 눈 내리던 크리스마스에. 내 세상이 무너지던 날 그대로. 일으킬 수 없이 무너진 세상을, 아예 내가 떠나기로. 작년, 꽃 피는 봄에 정한 2년짜리 시한부였다 난.

학원이 끝나고 집에 와 일기를 썼다.

### 3월 2일

새 학년이 시작됐다. 달라질 게 많을까? 오늘로 298일 남았다. 남지 않는 삶에 대한 미련이 조금 무서웠다. 이대로, 그냥 이대로만. 나에게 소중한 사람은 할머니와 수아 2명으로 남겨두고 그 어떤 것도 만들지 말아야겠다. 최대한 날 기억하지 못하게, 슬퍼해주지 못하게. 첫날부터 뛰어서 들어간 교문은 낭만적이지도 설레지도 않았다. 그러니, 내 인생이 빨리 끝나기를 기원해본다.

易地思之                                                    69

그 일기를 쓰고, 내일의 학원 숙제를 하고, 새벽에서야 잠
이 들 수 있었다.

＊＊＊

불안한 생각은 틀릴 일이 잘 없었다. 유수아는 점점 나에
게서 멀어져 갔다. 신가연과 이주현, 셋이서만 놀기 마련이었
다. 나는 혼자 남겨져 생각했다. 내 인생은 어쩌면 불행한 이
상태가 맞지 않을까 하고. 부모님을 잃고, 소문에 휩싸이고,
집안까지 망했으면 행복하려는 의지는 버리는 게 맞지 않을
까, 하고. 그래서 딱히 수아를 원망할 순 없었다. 수아가 하고
있는 게 방관인지 동조인지 몰라도 내가 했던 것과 같았다.

얼마 지나지 않아 수아는 애들을 정리했는지 다시 나에
게 왔다. 이주현이라는 애는 신가연이 나쁜 애였다면서 자기
를 감싸며 나에게 사과를 했다. 아니꼬웠지만 받아들였다.
가식으로 가득 찬 말들로 잠시 이미지를 정리했다. 내 자신
이 역겨워 견딜 수 없었다. 그날 밤 내 손목엔 상처가 가득
했다.

"소중한 사람은 없을수록 좋은 거라며…."

애초에 나부터가 모순이었다.

4월달까지 벚꽃이 예쁜 나날들이었다. 예뻤지만, 이상하게 마음에 들지 않는 것은 예쁜 게 들어올 만큼의 마음의 여유는 없었기 때문일까. 공허한 인생이란 생각에 우울해졌다.

처음 죽을 날을 정했을 땐, 살고 싶다는 희망보다는 정말 죽고 싶다고 생각했다. 그날을 위해 살아보자는 말은 지금 생각하면 살고 싶은 의지에 가까워 보이지만, 당시의 나는 죽고 싶었던 것이 틀림없다. 이것조차 왜곡된 걸지도 모르겠지만 나는 죽고 싶었다. 1년 전부터, 하루도 빠짐없이. 매일매일 죽고 싶었다. 어제도 지금도 내일도. 어쩌면 내 디데이는 내 구원일 수도 있겠다.

"나 오늘은 많이 안 늦었지!"

유수아가 뛰어왔다. 요즘 따라 유수아가 일찍 일어난다. 꽤 기분이 좋아 보이기도 한다.

"그보다 벚꽃 진짜 예쁘다! 이번엔 또 얼마나 가려나…."

"가긴 얼마나 가, 금방 지겠지. 우리나라 계절 여름, 겨울이 다라니까."

"맞긴 해."

예상대로 봄은 빨리 식고 여름이 왔다. 난 더운 날씨를 끔찍이도 싫어했다. 땀이 나는 거나, 필기를 할 때 맨살에 종이가 달라붙는 거나, 시원하게 만들기 위한 에어컨이나 선풍기란 발명품을 싫어했다.

"얘들아 곧 첫 중간고사인 거 알지? 시험 별거 아니니까 너무 긴장하지 말고."

그 말을 듣고 내가 무슨 생각을 했더라. 머리로는 나와 상관없는 일이라고 생각했다. 다들 상상하며 골치 아파하는 미래는 내게 존재하지 않을 생각이었으니까.

근데 이상하게도 그날 밤부터 난 밤을 새워가며 공부했다.


이주현이 갑자기 전학을 간다고 말했다. 수아의 집으로 초대받아 하루 동안 파자마 파티를 했다. 셋이서 무드등을 켜놓고 고민을 얘기하는데, 주현이한텐 내 부모가 자살한 걸 처음 말했다.


어느 주말 납골당으로 갔다.

괜히 마음을 정리하고 싶으면 오는 게 일상이 되었다. 그래도 최근엔 조금 올 일이 없었는데, 슬픈 일이다. 죽으려 마음을 다잡을 때마다 본 부모님의 사진이었다. 약간 웃고 있는 부모님의 사진 한 장과 정직하게 무표정인 얼굴의 부모님 사진 한 장이 있었다. 이젠 이렇게 얼굴을 보지 않으면 까먹어버릴 것만 같은 얼굴들이다. 사실 실제로 본 얼굴은 까먹

은 지 오래다. 그나마 기억나는 얼굴이라면 피를 흘리고 있
던 뒷모습이었다.

그 괴로운 기억에 눈을 질끈 감았다. 처음 내 발로 납골
당을 찾아왔을 땐 정말 많이 울었던 것 같은데, 눈물조차
나오지 않는 내가 조금 미워지기도 하고, 조금 슬퍼지기도
조금 무서워지기도 했다. 이런 큰 슬픔조차 무뎌진 건 아닐
까 하여.


있잖아요 엄마, 사실 이젠 그리운 건지 잘 모르겠어요. 원
망하는 걸까요. 내 인생을 밑바닥부터 시작하게 한 것을?
사실 내가 살아남아 봤자 이런 삶을 살 거라 예상해서, 같
이 가려고 했던 것 아닌가요. 그 웃는 얼굴이 거짓이었다곤
도저히 믿을 수가 없어서….

그래도 아랫입술을 이빨로 약간 뜯었다. 내가 여길 와서
웃을 날이 올까. 그날이 오기 전에 죽진 않을까. 주머니에 넣
어둔 작은 사진첩을 열고 부모님의 사진을 뺐다. 그리고 납
골함 유리에 붙였다.

"이제 날씨가 많이 더워졌어요."

"…"

"이 계절만 지나면 갈게요."

눈을 조금 접어 눈웃음을 쳤다. 이런 날 원망하진 말아달

라고, 당신들이 정한 내 인생보다 아주 약간 더 살았을 뿐이라고, 말이다.

더운 한여름의 주말, 학원을 빠지고 온 납골당은 너무나 삭막했다. 고요함이 좋아 하늘을 바라보았다. 싱긋한 풀잎들이 나무에 달려 휘날리고, 하늘은 맑게 푸른색이었다. 어쩐지 아무 걱정 없이 친구와 웃고 떠들고 싶은 날이었다.

＊ ＊ ＊

학원을 빠진 김에 마음 놓고 집에 가 쉬고 싶었지만, 아직 밀린 숙제가 좀 있어 도서관으로 갔다. 시원한 에어컨 냄새가 쨍하게 스쳤다. 가장 가장자리로 가서 숙제를 꺼냈다. 잡생각을 할 바엔 계속 모든 걸 잊을 만큼 공부하는 게 낫다고 생각했다. 우습게도 아무런 목표 없이 사는 인생에서 누구보다 열심히 공부했다.

2시간 정도 흘렀나. 숙제에서 손을 떼고 주변을 둘러봤다. 딱히 시험기간도 아니고, 방학이고, 주말이고. 한적할 수밖에 없는 도서관이 조금 그림 같아 마음에 들었다.

숙제를 끝내곤 수첩을 꺼냈다. 일기를 조금 일찍 써볼까 한다.

D-131

제일 상단에 크게 적었다.

---

완벽한 날이다. 그나마 지니던 미련을 놓아주고 왔고, 날 괴롭히는 학원은 내일로 미뤘고 예상대로 도서관은 한적했다. 이렇게 완벽한 날도 웃을 수 없음에 슬프다. 하지만 슬픈지도 제대로 모르겠음에 약간 감사하다.

내가 나 자신을 온전히 사랑할 수 있을 때까진 얼마나 걸릴까. 내 팔에 남은 흉터들이 더 이상 내 마음을 건드리지 않을 때까진 또 얼마나 걸릴까.

* * *

날이 조금 지나 방학이 끝나고 가을이 왔다. 봄, 가을이 거의 사라진 대한민국에 붉은 단풍이 잔뜩 물들었다. 2학기가 되니 정아랑 선유라는 애들이랑 같이 놀게 되었다. 뭐든 별로 신경 쓰지 않았다. 유수아가 행복해 보이길래, 그거면 됐다 생각했다.

易地思之

그날도 유수아랑 같이 하교했다. 그날따라 환히 웃는 수아를 보며 불현듯 그런 생각을 했다.

불행은 사람을 가려서 찾아오는구나.

이런 인생을 살아가는 너와 나는 조금 다른 세상을 살고 있구나.

아마 이런 생각들 덕분에. 나는 살고 싶다는 생각도, 그런 용기도 낼 수 없었다. 행복해도 되는 사람이라고 믿지도 않았고, 이미 그 감정을 잊은 지 오래된 사람이라고 믿었다.

이제 비어버린 사진첩은 나의 남은 날들을 말해주었다.

D-83

나도 까먹은 새 두 자리가 되었다.


조금씩 두꺼운 옷들을 꺼내 가는 계절이 되었다. 디데이가 줄수록 후련했다.

아니, 조금 두려웠다.

매듭을 만들고 목을 걸었다. 하지만 좁아터진 방에선 반대쪽 밧줄을 걸 곳조차 보이지 않았다. 그래서 매듭을 최대로 조이고, 이불을 덮고, 밧줄을 뒤로 최대한 당겼다.

괴로웠다.

숨이 막히고 머리가 터질듯한 기분이 들었다.

숨을 쉬려 노력해봤자 잘 안됐다.

정신이 혼미해지기 시작했다.

얕게 웃었다.

잡고 있던 밧줄이 끊어졌다.

죽음에 대한 공포가 사라졌다. 지금 죽을 생각은 없었는
데, 디데이를 만든 날까지만 살아보자 했던 의지가 조금 흐
려진 기분이었다.


10월도 지나고, 11월도 지나고 금방 초겨울이 왔다. 두 달
도 채 안 남은 디데이와 함께 학교를 아무렇지 않게 다녀보
았다.

운동장으로 나가야 되는 체육 시간이었다. 사실 그날도
딱히 슬플만한 일이 있는 건 아니었다. 아무 이유 없이 무기
력해지고 우울해진 날이었다. 근데 이상하다. 유수아가 이제
괜찮아 보이니까 의지라도 하고 싶었던 걸까. 화장실로 데
려가 아무 설명 없이 힘들다며 울었다. 나는 도대체 뭐가 힘
들었던 걸까. 지난 일들은 잊으면 된다는 것 정도는 안다. 과
거를 버리고 보자면 지금 내 삶이 별로 불행하지 않다는 것
정도도 안다. 하지만 내가 그렇게 눈물을 흘릴 때마다 생각
하는 건 지금의 내 상태에 대해서였다.


왜 나는 불행해야 되는 거지?

내 과거만 모른다면 남들이 보기에는 그리 불쌍한 인생이 아니지 않을까.

혹시 불행은 사람을 가려 오는 게 아니라, 과거를 잊고 살 능력이 다르게 주어지는 것뿐인가.

솔직히 죽고 싶어 디데이를 설정했던 그날이 생각이 안 날 정도로, 꽤나 살고 싶어져 버린 건 아닐까 두려웠다.

1년 만에 처음으로 내 미래를 상상해 보았다.

살 자신이 없다는 건 이런 거라고 느꼈다. 죽으면 그만이라고만 생각하고 살았던 나는, 내 삶의 연장선이 있다고 생각한 순간부터 두려워졌다. 디데이가 한 자리 숫자가 되었다. 요즘만큼 시간이 빠르게 흐른 적이 없었던 것 같다. 내겐 생각을 정리할 만큼의 충분한 시간이 남아 있지 않았다.

학교에 가면 디데이만 생각나기 일쑤였다. 죽고 싶다는 생각이 아직까지 있는 게 정말 맞는 건지. 아님 어쩌면 다른 애들이 말하는 거처럼 죽고 싶은 게 아니라 그저 이렇게 살고 싶지 않은 것뿐인 건 아닌지. 하지만 그러기엔 내가 기다려 온 시간들이 모두 버티기 위한 시간들이었다. 이제 더 이상 무언가를 버틸 이유를 찾을 수 없어 디데이를 늘리는 상상도 해본 적이 없다. 평소와 별다를 것 없는, 조금은 비관적인 날들을 보내는 와중에 크리스마스가 다가왔다. 내 디데이였다. 조금 다르게 말하면 내 부모님의 기일이었다.

그날, 크리스마스이브 날엔 할머니와의 다툼이 있었다.

"글쎄 안 먹겠다니까요?"
"아침을 먹고 나가야 저녁을 안 멕이지."
"할머니나 드세요, 난 됐으니까."
"다 늙어 빠진 할미 먹어서 뭐하노. 살 날 많은 니가 먹어야재."
"할머니 안 죽는다니까 왜 자꾸 그래!"
"승질 나게 하지 말고 밥 무라!"
"됐어요."

할머니와의 마지막 대화였다. 나가기 전에 사랑한다고 한 번 안아볼 걸 그랬나. 통장의 입금내역이 점점 줄어갔다. 친척들이 주는 생활비가 끊길 준비를 하고 있다고 말해주는 것 같았다. 우리한테는 죽으라는 말과 다름없었다. 내가 성인이 되었을 땐 아예 생활비를 끊을 작정이겠구나.

나는 슬리퍼만 신은 채 집을 나왔다. 겉옷 없이 한참을 서성이다 오늘 눈이 올 거라는 일기예보가 불현듯 생각났다. 저녁 시간은 벌써 한참이 지나 달마저 안 보이는 새벽이었다. 회색빛 구름으로 덮여 있기만 했다.

집으로 돌아갈 용기는 딱히 나지 않았다. 할머니 얼굴을 한 번만 더 본다면 죽어서까지 속죄할 수 없을 것 같았다.

시간이 지날수록 손발이 시려 따가울 지경이었다. 나는 핸드폰 하나만 들고 한참을 서성거렸다. 딱히 연락할 사람이 많이 생각나지 않아 줄어들어 가는 배터리에도 별생각이 들지 않았다.

그래도 겨울은 겨울인지라 얇게 입은 만큼 많이 추웠다. 사실 얼어 죽기엔 조금 아깝다고 생각하기도 했었다. 그래서 어디든 따뜻한 실내를 모색해봤다. 사람이 많은 곳은 가고 싶지 않았다. 그래서 생각한 건 방학을 앞둔 내 학교였다. 아쉽게도 온 세상이 반짝이는 날이었다.

밤에 학교를 오는 건 좀 신기한 경험이었다. 웬만해서 바닥만 보던 복도를 고개 들고 쳐다보자, 지금껏 경험한 학교와는 다른 느낌이 들었다. 괴담에서 들은 것처럼 음산하지도, 낮처럼 밝지도 않은 학교가 학교 같지 않았다.

중앙계단에 포스터가 붙어 있었다.

## 죽을 용기로 살아보자
- 제19회 자살예방 캠페인

옥상에 도착해 문을 열었다. 마지막으로 왔을 때와 비슷한 풍경이었다. 그저 적갈색 바닥과 낮은 턱이 다였다.

다른 점이 있다면 지금은 완벽히 혼자라는 점일까.

옥상에 앉으니 바지 주머니에 있던 수첩이 느껴졌다. 펼쳐보자, 1년 전부터의 일기들이 잔뜩 채워져 있었다. 천천히, 맨 앞장부터 수첩을 넘겼다.

하늘을 바라보았다. 안개인지 구름인지 잔뜩 껴, 별을 보기 힘든 하늘이었다. 그렇게 꺼져가는 핸드폰을 붙들고 새벽이 될 때까지 기다려 보았다. 그러면서 꽤 많은 생각을 했다. 내가 지금 죽고 싶은 게 맞을까. 단 한 번이라도 절실하게 살고 싶었던 적은 없나. 사실 그 힘겨운 생각을 감당하기엔 내가 너무 어렸다.

이성적인 판단보다도 몇 배 앞선 건, 나는 어째서 이렇게 살고 태어났어야 했나에 대한, 신에 대한, 내 삶에 대한 증오였던 것 같다.

핸드폰 배터리가 얼마 남지 않았다.

나는 유수아에게 눈앞 풍경을 찍어 보냈다.

메시지를 읽은 유수아는 아무 대답도 없었다.

나 역시도 충동에 가장 가까운 일이었다.

*D-DAY*

몇 년을 벼르고 기다렸지만 끝은 결국 이랬다. 잠깐의 고통이면 그저 그럴 거라고 생각했다. 나는 수첩을 가장 마지막 장으로 넘기고, 옥상 끝에 섰다.

몇 분 만에 네가 뛰어왔다.

눈물이 많이 흘러 있었다. 이미 사태를 파악한 눈을 보자니 금방이라도 날 붙잡을 것 같았다.

"진짜 와줬네."

나는 웃으며 말했다. 웃었던가? 아 울고 있었나. 무엇이든 입꼬리를 올렸었다.

내가 몸을 기울자 네가 손을 길게 뻗었다. 슬리퍼 한 짝이 벗겨졌다. 14살의 우리는 무엇도 이기지 못하고 무엇도 지켜내지 못했구나.

꽤 한 많은 인생이었던 것 같다.

# 易地思之

**역지사지**

처지를 바꾸어 생각해봄.

# 伯牙絶絃
## 백 아 절 현

"아이고 윤서야!!"

윤서 할머니의 울음소리가 방 안을 가득 채웠다. 나는 고개를 떨궜다. 너무나 무력한 나를 탓했다. 애써 세우던 턱이 힘없이 떨어졌다. 애써 삼키던 눈물마저 발등 위로 떨어졌다.

"죄송해요 할머니…. 죄송해요…. 제가 살렸어야 했어요. 제가 좀 더 빨리 뛰어갔어야 했어요….."

나는 울부짖었다. 할머니의 치맛자락을 잡고 무릎을 꿇었다. 고개를 들 자신이 없었다. 도저히 얼굴을 제대로 바라볼 수 없었다. 엄마는 그런 나를 말리지 않았다. 내가 서 있던 자리에서, 같이 눈물을 흘리며 나를 바라보기만 했다.

"아이다, 수아 니 잘못 아이다. 다 이 못난 할미 잘못이다. 애미 애비 없이 키워났드만, 내가 아를 배렸지 배렸어. 인자마 다 언사시럽다. 내도 윤서 따라갈란다!"

할머니가 통곡했다. 할머니는 몇 년 만에 딸과 사위, 손녀를 모두 잃었다. 주변 어른들은 죽겠다는 할머니를 말리려 달려들었다. 나는 그 아수라장 속에서도 무릎을 펴지 못했다. 미칠듯한 죄책감에 '니 잘못 아이다.'라는 한마디가 더 죄스러웠다.

"수아야, 나가 있어. 얼른!"

엄마가 울면서 나에게 소리쳤다. 나는 그제서야 무릎을 펴고 식장 밖으로 뛰쳐나왔다. 나를 바라보는 반 친구들을 뒤로한 채.

하늘이 맑았다. 차라리 눈이 왔으면 좋았을걸, 해가 졌으면 좋았을걸, 하다못해 안개라도 꼈으면 좋았을걸. 내 처지를 비웃기라도 하듯이 너무너무 맑고 예뻤다. 나는 주저앉아, 할머니랑 똑같이 통곡했다. 그렇게 목이 터져라 울었다.

\* \* \*

그날 나는 다시 장례식장 안으로 들어갈 용기가 도저히 나지 않아 그대로 지하철을 타고 한강으로 갔다. 몸을 던질 목적보다는 바람이라도 맞고 싶다는 목적이 더 컸다. 다가오는 3학년, 입시에 불안감이 커지기도 했지만 이제 더 이상 그런 것은 나에게 중요하지 않았다. 나 또한 죽어버리면 그만이었다. 고등학교 입학 전에, 12월에, 365일 뒤에, 그때 떠나면 될 일이다.

사실 전혀 실감이 나지 않았다.
어제까지 같이 웃던 사람이 이젠 없다.
이젠 만나지 못한다.

그 뒤를 따라 나도 함께 죽는다.
나에겐 사치스럽게 아름다운 세상과 사람들에 대한 보답일 것이다. 커다란 바위에 앉아 해가 지는 것을 바라보았다. 해가 지는 하늘이 아름답길래, 스쳐 가는 구름이 너무 예쁘길래…. 쉴 틈 없이 초 단위로 바뀌는 감정상태는 계속 날 불안하게 만들었다. 그래, 마치 저 구름처럼.

무언가에 홀린 듯이 눈물을 떨구며 발을 하나씩 높은 다리 위로 올렸다. 윤서가 보고 싶었다. 혼자 남은 듯한 외로운 세상에서, 더 이상 살아갈 자신이 없었다.
막상 다리 위에 올라서니 잠깐이라도 비틀하면 떨어질 것만 같았다. 순간 두려워졌다. 이렇게 죽어버리면 안 될 거 같아서, 누군가 보기 전에 급하게 다리 밑으로 내려왔다.

伯牙絶絃

다시 지하철을 타고 집으로 갔다. 해가 다 져 있어 꽤나 어두웠다. 엄마는 어딜 갔다 이제서야 왔냐고 물어보고 싶은 얼굴이었지만, 차마 아무것도 물어볼 수 없어 보였다. 그렇게 바라보던 엄마를 보며 나는 안심하란 듯이 약간 웃고 방으로 들어갔다. 당장 내일은 학교를 어떻게 가지 걱정됐다. 방 밖에서는 무언가를 의논하는 부모님의 말소리가 들렸다. 내가 무너질 수도 있겠다는 걱정이 아니었을까 싶다. 아니 사실 한참 전에 무너졌던 것 같기도 하다. 책상 위에는 집 앞에서 사 온 안개꽃 한 다발이 놓여져 있었다. 그 상태로 실신한 듯 의자에서 잠을 청했다. 기대하던 나의 크리스마스였다.

\* \* \*

학교에 등교했다. 무슨 정신이었는지는 잘 모르겠다. 장례식장에 온 몇몇 친구들 덕분에 모두가 내가 윤서의 죽음을 눈앞에서 봤다는 사실을 알게 되었다. 방학이 다가오고 있었다. 날이 추웠지만 나는 외투 하나 없이 학교에 도착했다. 사실 추웠었던지도 기억이 잘 안 난다. 홀로 걷는 등굣길이 뼈저리게 외로웠다는 것만 기억한다.

주변 애들이 나를 보고 수군거렸다. 반으로 가 자리에 앉고 나서야 가방도 없이 등교했다는 사실을 알 수 있었다. 어이가 없어 헛웃음이 다 나올 지경이었다. 입꼬리는 그와 반대로 움직일 생각조차 하지 않았다.

의자를 당겨 다리를 폈다. 내 책상 위로 하얀 국화 한 송이가 떨어졌다. 내 옆 책상에는 익숙한 얼굴의 사진이, 그 사진을 둘러싼 새하얀 국화들이 수북했다. 내 손에 안개꽃 한 다발이 들려 있단 것도 그때 알았다. 나는 안개꽃을 수북이 쌓인 국화들 제일 위에 올려놓았다. 평소엔 다른 꽃들을 꾸며줄 때나 쓰는 안개꽃이 그날따라 가장 눈에 들어왔다.

"네가 제일 좋아하는 꽃이잖아."

목소리가 갈라지고 눈물이 떨어졌다. 아직도 윤서가 죽은 거라고 믿고 싶지 않았다. 가장 가까이에서 지켜본 내가 누구보다 윤서가 살아 있다고 믿었다.

친구들이 나에게 와 조용히 등을 토닥여주고, 꼭 안아주기도, 내 눈물을 닦아주거나 함께 울어주기도 했다. 나는 그 온기 속에서 눈물을 흘렸지만 그 까닭은 내가 안긴 품이 윤서가 아니어서다. 그 작은 키, 작은 손이 아니어서 울다, 또 울다 책상에 살짝 부딪혔다. 곱게 쌓인 국화가 와르르 쏟아졌다. 그 사이엔 눈에 띄는 안개꽃 한 다발이 완전히 자리 잡았다.

그 꽃말이 죽음이었어 윤서야.

$* * *$

"자, 다음 주가 방학이죠?"

어느새 조회시간이 다 되고 선생님이 들어와 말했다. 그 말에 달력을 보니, 정말 12월 말이었다.

"음…. 우리 반의 친구가 안타까운 선택을 했다는 사실은 모두에게 충격이었을 거예요. 하지만 그렇다고 해서 함께 무너지면 안 돼요. 떠난 친구도 바라지 않을 겁니다. 그렇죠?"라고 말하는 선생님의 눈은 나를 향해 있었다. 나는 금방 눈치채고 눈을 내렸다. 조회시간이면 늘 말을 걸어주던 옆자리가 비었다.

"조회 여기까지 할 테니 수업 잘 들으세요."

"수아야…."

"어? 어, 정아야."

"오랜만이네."

"그래, 그러게. 선유는?"

"윤서 생각날까 봐 너랑 못 있겠대."

입을 열어봤지만 목구멍에서 모든 말이 막혀 눈물로 나올 것만 같았다. 그래서 입을 닫고 바닥만 쳐다봤다. 그리고 고개를 끄덕였다. '힘들지만 이해는 해.' 정도의 의미였다.

복도로 나가보니 확실히 시선이 달라진 게 느껴졌다. 이런 측은으로 가득 찬 관심을 바랐던 것은 아니었다. 복도를 지나가기만 해도 끊이지 않는 목소리와 위선 발린 말들. 분명 교복을 입고 있지만 마치 상복이라도 입은 것 같았다.

다음 시간은 음악이었다. 그냥 노래를 부르는 시간이었는데, 이것 또한 윤서가 좋아했던 과목이라고 생각하니, 이것 또한 나에게 깊은 우울이 되었다.

나는 노래를 부르지 않고 내 옆자리를 가만히 응시했다.

완벽한 의미의 자살이 존재할 수 있는 것인가. 윤서는 이 건물 옥상에서 몸을 던짐으로써 자기 자신을 죽인 걸까? 아니면, 윤서가 죽음에 이르도록 한 타인들이 죽인 걸까. 비어 있지만 꽃으로 꽉 차 있는 옆자리를 가만히 내려다보았다.

"행복해지고 싶어."

눈물을 훔치며 나는 중얼거렸다. 이제서야 약간의 행복이 다가오고 있었는데, 모두 가져가 버렸다. 신이 있다면 당장 멱살을 잡고 싶을 정도로, 아니, 그렇게 죽어버린 윤서를 탓해버리고 싶을 정도로 화가 났고 눈물이 계속 떨어졌다. 어쩌면 행복했을 수 있던 오늘이었기에.

그날 하루가 어떻게 지났는지도 모르는 채 집으로 왔다.

집은 언제나처럼 조용했다. 아무 생각 없이 방으로 들어가 바로 누웠다. 벗어야 할 가방도 외투도 없었다. 마음 한 군

데가 사라진 듯이 공허하고 아팠다. 약간 쓰라리기도 했다. 익숙했던 침묵이 정전이라도 된 듯 너무 어둡고 무거웠다.

아직 실감하기엔 덜 아픈 것 같기도 하다. 너무 충격 먹을 만한 일을 어렸을 때 겪어버린 게 아닐까.

얼마 지나지 않아 방학식이었다. 짧았던 여름방학 덕분이었다. 사실 마음 정리가 하나도 안 된 상태였다. 머리가 어지러워 잠깐 찬 바람이라도 쐴 겸, 등교도 하기 전에 아침 일찍 동네 강으로 갔다.

흐르는 강물 위로 흰 눈이 슬쩍씩 내리고 있었다. 급하게 패딩 모자를 둘러썼다. 아침 특유의 풀 냄새가 선명하게 났다. 바람 없이 차분히 내리는 이 진눈깨비가, 어째선지 편했다.

불투명한 하늘은 완벽하진 않아도 아름다웠다.

이 모든 날씨가 전부 내 마음을 대변해주는 것 같다고 한다면 믿을까. 빠르게 시린 손은 빨갛게 달아올랐다. 손을 목 뒤로 숨겨 덥혔다. 흘러가는 강물의 가장 끝부분은 조금씩 얼어 있는 것 같기도 하다.

아마 이제는 눈이 오거나, 춥거나, 이렇게 귀가 시려오는 계절이 오면 네가 생각날 것 같아 무섭다. 물론 지금은 그때와 다르게 겉옷을 입고 있지만, 아무것도 걸치지 않고 널 잃었을 때보다 지금이 더 추운 건 왜일까. 그땐 너의 숨이 세상에 남아 있었기 때문일까.

＊ ＊ ＊

"여러분 모두 겨울방학 조심히 보내고, 새 학년 잘 출발하세요!"

"네~"

우렁찬 목소리들로 가득 찬 교실에서 아무 말 없이 고개를 숙이고, 집에 가도 된다는 한마디 말에 가장 빠르게 가방을 가지고 교실을 나갔다. 패딩 한쪽 주머니에는, 학교 옥상 열쇠가 있었다.

그때 주웠던 거였다.

다시 상상하기 힘들다.

다들 내려가는 계단을 혼자 반대로 올라가고 있었다. 가장 높은 층에 올라오자 약간 숨이 막혔다.

윤서를 떠나보내고는 처음 오는 옥상이다.

주머니에 있던 열쇠를 꺼내서 문을 열어봤다. 차가운 바람이 눈과 함께 쌩 불어왔다. 문을 닫고 하늘을 바라봤다.

아침부터 내려 약간 쌓인 눈, 흐린 하늘, 여느 때처럼 웃지는 못하겠는 옥상.

추억은 미화된다는 게 사실인 것 같다. 사실 와서 정말 많이 울고 힘들어했었는데, 윤서와 왔던 일들을 생각하면, 웃고 떠들던 날들이 재생된다.


"야, 나 바로 학원 가야 돼!"

"조금만 따라와 봐. 너도 좋아할 거야."

"별로기만 해봐, 진짜."

"그럴 일 없다니까?"

나는 윤서를 끌고 옥상에 왔던 적이 있었다.

"…우와."

"쩔지! 애들은 열려 있는지 잘 모르더라고."

"너는 어떻게 알았어?"

"시간 남아서 학교 구경하다가 혹시 싶었는데 열리더라고!"

"옥상에 제대로 된 난간도 없네. 위험하게시리."

"그니까. 우리 가끔 수업 째고 올래?"

"말이 되냐."

"안 될 건 뭐야? 그냥 자주 올라오자고."

윤서는 내 말에 웃더니 고민하다 말했다.

"여길 자주 올라올 이유가 뭐 있겠어. 가끔 할 거 없을 때나 오지."

"…뭐 그래! 마음엔 들어?"

"조금."

"그게 어디야, 좋네."


지금 다시 올라와 본 옥상은, 너로 잔뜩 물든 이곳은, 오래 머물러 있기엔 괴로웠다. 도저히 표정을 필 수 없는 공기였고 가슴 가장 깊은 곳부터 숨이 턱턱 막혀왔다.

왠지 소리 내 울고 싶지는 않은 저녁이었다.

내가 이 하늘을 바라보며 자살을 생각하고 있을 때, 너는 같은 곳을 보며 무슨 생각을 했을까.

후회가 가슴을 찔렀다. 버티지 못하고 주저앉았다.

"미안해, 미안해…. 윤서야 제발, 진짜."

끊임없이 눈물을 삼켜봤지만 결국 정신없이 울고 또 울어버렸다. 마음 놓고 울었다. 윤서가 죽은 이후론, 장례식장 이후론 처음이었다. 숨이 막혔다 신음으로 터지고, 또 울부짖었다.

"미안해…. 미안해."

계속 그렇게 주절거렸던 것 같다. 네가 떨어진 자리에서. 네가 마지막으로 나를 바라본 그 자리에서.

웃고 울었던 날이 아름답지 않아 보이는 이상한 청춘일까.


뛰어내리지 않았다. 다만, 핸드폰을 켜 확인했다. 목표를 가지고 올라올 날이 언제인지, 또 얼마나 남았는지, 그때까지 버틸 수 있을 것인지.

버틸 수 있을 것 같다.
나만의 이상한 오기일지라도 버티기로 했다.

나는, 내년 12월 25일에 죽을 거다.

윤서가 죽었을 때부터, 직접 산 안개꽃을 책상 위에 올려놨을 때부터, 지금 이 순간까지 쭉 생각해온 것이다. 나는, 내년 크리스마스에 떠날 거다.
그러니까 그때까지 버틸 것이다.
방학이 빨리 지나가기를, 여름방학도 빠르게 지나가기를 바랐다.
나는 지금 여기서 죽을 용기가 없으니까. 윤서가 죽은 그곳에 서면 용기가 좀 생길까 궁금했지만, 역시나 변하는 건 없었어서. 그러니 얼른 크리스마스가 되길 바랐다. 일반적인 아이들과는 다른 느낌일 수도 있겠지만….
집에 도착해서 무얼 해야 할지 잘 몰랐다. 책장에 꽂아둔, 초등학교 때 쓰지 않은 문제집을 꺼내 풀어보았다. 1초에 한 문제씩 풀 수 있을 만큼 간단한 문제들을 풀면서 조금씩 마음이 풀리는 게 생각보다 멍청해 보이기도 했다. 가장 어려운 수학문제의 풀이만 머리를 싸매고 고민하던 인생이, 유일하게 술술 풀리는 순간이라고 생각했었나.

사실 저번에 학교에 갔을 때의 기억은 윤서의 책상에 두고 온 안개꽃이 전부다. 내가 흘린 눈물이 누구의 품속이었는지, 선생님이 하신 말이 뭐였고, 누가 날 보고 수군거렸는지는 기억나지 않는다. 그야, 학교보다는 윤서를 보러 가는 길이라고 생각하며 등교한 날이었으니까.

한동안 학교엔 가지 못할 것이다. 방학이니까. 방학이 아니었어도 가지 못했을 것이다. 도저히 윤서가 살아 있던 자리엔 갈 자신이 없었을 것이다.


방학은 이럴 때만 유난히 길고, 길고, 길게 느껴졌다. 윤서가 죽은 게 나 때문일 거라는 길고 긴 죄책감과 불안감과. 가끔씩 미칠 것만 같을 때 들리는 윤서의 목소리와, 날 야유하는 반 아이들의 목소리가 내 손목의 상처들을 만들고. 집에 아무도 없을 때는 소리를 지르며 울었다. 하지만 결코 부모님이 알아서는 안 되니, 학원을 꼬박꼬박 다니고 출석했다. 수업은 전부 어디론가 흘리고 있었지만.


-똑똑-


伯牙絶絃                                                    95

"수아야, 들어갈게."

"왜."

엄마가 걱정이 가득한 얼굴로 물었다.

"…수아 그때, 옥상에 있었다며."

"근데?"

"상담 같은 거, 안 받아도 되겠어?"

"필요 없어."

"너 안 괜찮아 보여."

"나 진짜 괜찮아."

"…그래도."

"나 엄마 생각처럼 약한 애 아니야. 걱정 마."

"…알았어, 엄만 수아만 믿는다?"

"…응."


나는 살고 싶지 않았다.

나의 하찮은 마음을 공유하고 싶지 않았다.

그걸 엄마가 알게 되는 건 더더욱 싫었다.

세상에서 제일 사랑하는 엄마는

겨우 나 때문에 힘들면 안 되는 거다.


울컥하는 가슴을 부여잡았다.

더 이상 나올 눈물도 없다고 생각했다.

없어도 없어도 깊은 곳에서 끌어내 울었다.

머리가 아플 정도로 울며 하루하루를 보냈다.

# 伯牙絕絃

**백아절현**

가장 친한 벗의 죽음을 슬퍼함.

# 如 履 薄 氷
## 여 리 박 빙

"수아야 엄마 빗 못 봤…?"

어라-.

머리가 아팠다. 눈물이 쏙 들어가고, 방금 그은 상처에서 피가 송글송글 올라왔다. 하다 하다 이걸 엄마한테 들키다니.

나 정말 구제 불능이구나.

엄마는 놀란 표정으로, 할 말을 고르는 듯했다.

"…나가."

"수아야, 엄마는 수아가 이렇게 힘든 줄 몰랐어."

"됐으니까 나가라고!"

"엄마가 도와줄게, 이해할 수 있어."

울먹이는 엄마의 눈을 보자니, 내가 잘못한 게 분명했다. 하지만 지금 엄마와 얘기하는 것보다야 빨리 내보내는 게 낫다.

"나가, 제발!"

"너⋯. 왜 엄마한테 소리를 지르니?"

"⋯."

"엄마가 걱정이 안 되겠어? 뭐 윤서 때문이야?"

"씨발⋯."

"뭐?"

"엄마가 하는 그거 걱정 아니니까 나가."

목소리가 미세하게 떨렸다.

내가 날 통제하기 좀 힘들어졌다. 욕까지 하려던 건 아니었는데, 왜 그랬지.

후회하기엔 뱉은 말을 주워 담을 수 없었다.

다음 날 아침, 거실로 나온 나를 응시하는 시선이 느껴졌다.

"회사 아직 안 갔어?"

"⋯."

"나 잠깐 나갔다 올게."

잠옷 위에 겉옷을 대충 입고 집 밖을 나왔다. 폐인처럼만 살다가 갑자기 뇌가 움직이는 기분이 들었다.

슬리퍼를 신은 나는 쌓인 눈들을 피해 걸었다.

지금 이 세상을 너도 봤으면 좋았을 텐데.

네가 그리던 늦은 눈이 지금은 이렇게나 가득한데, 네가 그리던 것들로 가득 덮인 세상인데. 이것들이 너의 아픔까지 덮어줄 순 없었나.

왜 하필 이렇게 삭막하고 추운 계절에 떠났을까.

이건 너를 향한 원망일까, 동정일까.

나는 널 모르겠다. 나조차도 모르겠다.

잠시 딴생각을 하느라 밟아버린 눈이 양말에 스며들었다. 안 그래도 시렸던 발끝이 점점 더 시렸다.

윤서가 생각날수록 마음이 아팠고 힘들었고 괴로웠지만 잊을 수가 없었다. 아니 잊으면 안 될 것 같았다. 잊게 된다 하더라도 그게 아주아주 먼 훗날일 거라고 생각했다. 아니 아예 황윤서를 잊는다는 가정 자체가 없었던 거 같기도 하다.

네가 나한테 왜 눈을 좋아한다 했을까.

너는 왜 눈 오는 날에 떠났을까.

다음 날 점심을 먹고 있을 때였다. 평소보다 많이 무거운 침묵 속에서 밥만 입안으로 푹푹 욱여넣고 있을 때였다. 엄마가 침묵을 깼다.

"수아야 엄마 생각엔, 수아가 상담을 한번 받아봤으면 좋겠어."

나는 숟가락을 잡고 있던 손을 멈추곤 대답했다.

"그럼 뭐가 달라져?"

"수아는 아직 어리니까 혼자서 해결 못 하는 일들도 분명히 있잖아…. 전문가들한테 마음을 한번 털어놓으면 심리의 변화가 있을 수 있지 않을까? 길게 안 해도 돼, 그냥 짧게라도 한번 해보자."

"그게 짧게 해서 달라질 수 있을 정도로 간단한 건 아닐 거 아니야."

"달라질 수도 있지, 왜 아니야. 어렵게 생각할 필요 없어."

"엄마도 내 마음 이해 못 하는데, 그런 사람들이라고 날 이해할 수 있어?"

"전문가가 괜히 전문가는 아니지. 그게 엄마가 네 마음 이해하는 데 더 도움이 될 수도 있는 거잖아."

엄마는 이 끈질긴 권유에서 물러서고 싶은 마음이 없어 보였다. 한번 받아본다 해서 더 나빠질 건 없지 않을까.

"그래 받을게."

"잘 생각했어."

"무슨 상담부터 받으면 되는 건데?"

"시에서 해주는 거 있어, 그거부터 받아보자."

"왜 병원 안 가고."

"이왕이면 좀 큰 병원으로 알아보긴 했지, 근데 다 1년 넘게 기다려야 한다길래."

1년이라는 말에 말을 잇지 못했다. 그 이후엔 내가 없을 텐데.

"그거도 다 전문가 아니면 못 하는 거니까 너무 걱정하진 마."

"알았어…."


날 위기학생으로 등록한 엄마 덕분에 두 달 이상 기다려야 하는 상담이 2주일 만에 잡혔다.

빠르게 다가온 첫 상담 날, 차에서 내릴 땐 기분이 오묘했다. 뭔가 설레는 감정도 아니면서 긴장되는 건 또 아니고, 껄끄러우면서도 약간 기대는 되는 그런 이상한 감정이었다.


분위기는 내가 생각했던 정신과 같은 모습은 아니었다. 차가운 병원의 색보다 훨씬 따뜻하고 아늑해 보이도록 조성한 분위기였다. 약간 인위적이라고 생각이 들 때쯤 나를 맡을 선생님이라는 사람이 내 앞에 와 섰다.

"네가 수아구나, 오늘부터 10회차 동안 수아를 담당할 선생님이야~"

"안녕하세요."

그 사람을 따라 적당히 좁은 방으로 들어갔다. 책상 하나에 의자 두 개, 딱 상담실 같은 분위기였지만, 취조실 같은 압박감이 나를 눌렀다.

"수아는 죽고 싶다는 생각을 자주 하니?"

"네."

"어머니 말씀으론 수아가 많이 위급하다고 하던데, 최근에 힘든 일이 있었어?"

"친구가 죽었어요."

"같은 반 친구니?"

"네."

그 친구에 대한 질문들에 대답할수록 머릿속에서 윤서가 그려져 갔다.

"그렇구나…, 그 친구랑 많이 친했어?"

"네, 8년 지기요."

선생님은 차분하게 말을 이으셨다.

"수아가 마음고생이 많이 심했겠네…."

"그런가요."

처음 맞춰 조금 큰 교복에 어설프게 웃고 있던 예쁜 네가 머릿속을 스쳤다. 그게 벌써 2년 전이다.

"선생님이 그 친구에 대해서 더 물어봐도 될까?"

날 배려하려 애써주시는 건 알지만, 어떻게 형용해도 아픈 기억이었다.

"네."

하지만 그것보다도 난 내 아픈 마음을 더 빨리 치유하고 싶었던 것 같다.

"그래, 그 전에 선생님이랑 약속 몇 개만 할까? 첫날이라서 하는 거야."

선생님은 종이 몇 장을 꺼내 내 앞에 펼쳐 놓으셨다.

"왼쪽에 있는 건 생명 존중 서약서라는 거야. 첫 번째, 상담이 끝날 때까진 자해나 자살을 시도하지 말 것. 두 번째, 충분한 휴식과 수면을 취하고 식사를 제때 하며 스스로를 돌볼 것. 수아가 알지 모르겠지만, 몸과 마음은 꽤 많이 이어져 있거든. 그리고 마지막으로 자신을 해칠 수 있는 모든 도구를 없앨 것. 한번 다시 읽어보고 서명하면 돼."

터무니없는 내용이었다. 이런 서약서 한 장으로 없어질 충동과 우울이었다면 애초에 위기학생으로 분류되어 상담에 올 만큼 위급한 아이도 아니었을 것이다.

그래도 나는 서명을 했다. 어느 것도 확신할 순 없었지만, 그저 나 또한 그럴 수 있기를 바라며 서명했다.

"옆에 있는 건 다른 동의서야. 우리가 앞으로 상담할 내용을 녹음할 예정이거든. 모든 상담사들은 비밀유지 의무가 있기 때문에 수아가 한 얘기가 퍼져나갈 일은 전혀 없겠지만, 수아가 알아야 할 건 비밀유지 예외 조항들이란 건데,

혹시 들어봤어?"

'비밀유지 예외 조항….'

"아니요."

"비밀유지 예외 조항은 자신이나 타인을 해할 위험이 있을 때, 그니까 안전 유지에 위험성이 발견됐을 때 수아의 안전을 위해 보호자나 다른 전문가들한테 너의 상황을 알릴 수 있다는 거야."

"아…, 네. 서명하면 되는 거죠?"

"다시 읽어보고, 동의하면 서명하면 되는 거야."

전혀 이해하지 못하겠고 전혀 동의하지 못하겠다. 대체 뭔 소리지? 내가 자해하거나 자살시도라도 하면 바로 부모님 귀에 들어간다는 말이랑 뭐가 달라 저게?

서명 안 하면 상담 진행이 안 되는 거겠지.

그 후 한두 장의 서류에 서명한 후, 선생님이 파일철에 서류들을 집어넣고는 다른 종이를 꺼내셨다.

"지금부터는 선생님이 수아가 말한 내용을 녹음하고 정리할 건데, 그냥 편하게 말해주면 돼."

"네."

"그 친구는 왜 죽었는지 알고 있어?"

나는 머뭇거리다 답했다.

"자살이요."

"자살? 왜 그런 선택을 했는지 수아한테 말한 적 있어?"

"윤서가 어렸을 적부터 힘들게 살긴 했는데요. 특히 티 낸 적은 없어서 잘 몰랐어요."

윤서의 이름이 나오자 선생님은 종이에 무언가를 적기 시작하셨다.

"그러면 그 친구의 죽음은 어느 날 갑자기 듣게 된 거야?"

"눈앞에서 죽었어요. 학교 옥상에서. 크리스마스였는데, 새벽이었는데, 갑자기 문자가 와서 학교로 뛰어갔더니, 가자마자 떨어져서…."

선생님의 손이 빨라졌다.

"수아가 충격을 많이 받았겠네."

"그냥, 그때 한마디라도 해볼 걸 싶어요."

"이 일에 대해 죄책감이 드니?"

끝도 없이 드는데, 어떻게 말로 표현해야 될지 잘 생각나지 않았다. 하나씩 전부 말해보는 걸 택했다.

"윤서가 죽을 날을 초등학교 6학년 때부터 정해놓은 거 같아요. 수첩에 디데이가 있었어요. 그 긴 시간 동안 저 혼자만 투덜대고, 제대로 알아주지도 못하고…. 제가 아무 생각 없이 살고 있었을 동안 그 모든 시간들이 얼마나 지옥 같았을지 상상도 안 돼서 너무 미안하고. 한 번이라도 알아채 줬다면 이렇게까진 안 됐을 거 같기도 하고요."

"선생님은 수아가 자책할 일은 아닌 거 같은데."

"머리로는 아는데 할 수밖에 없는 거 같아요."

"그렇구나…. 오늘은 시간이 다 돼서 나머지 이야기는 다음 시간에 마저 해볼까?"

"네."

"선생님이 수아 어머니랑 얘기를 좀 해볼까 하는데, 괜찮을까?"

"…네."

"알았어 그럼 잠깐 나가서 앉아 있어 줘."

내가 대기실로 가자 엄마가 날 걱정하며 쳐다봤다.

"어머니 잠깐 저랑 이야기 좀…."

"아, 네."

그렇게 대기실에 혼자 남아 있게 되었다. 모든 거에 현실성이 조금씩 없었다.

그냥, 이 시간에 함께 있어야 할 윤서가 없고, 없어야 할 엄마가 있다. 엄마가 돌아오면 꼭 미안하다고 말해야겠다.

＊ ＊ ＊

"그럼 다음 주 수요일에 뵐게요."

"네, 수고하셨습니다, 선생님~"

"수아도 잘 가~"

"안녕히 계세요."

건물을 나와서 엄마의 차에 탔다. 조금 숨 막히는 정적 이후 엄마가 먼저 입을 열었다.

"상담 어때?"

"첫날이라 서류 작성한 거만 반이라서, 잘 모르겠어."

"서류? 무슨 서류."

"그 자살하지 말라는 거랑, 비밀유지 해제 조항인가 그거."

"비밀유지 해제 조항이 뭐야?"

"내가 죽을 거 같으면 엄마 귀에 들어가는 거."

"그건 좋네."

"좋은 거 같아?"

"엄마도 알아야지, 그런 건."

"…."

## 1월 22일

오늘 태어나서 처음으로 상담이란 걸 받아보았다. 생소한 환경과 꾸며진 듯한 분위기가 별로 마음에 들진 않았다. 상담사 선생님은 친절해 보이지만 어딘가 가식적으로도 보여 믿고 싶지 않았다. 그런데 내가 너무 상처가 많은 걸까. 아무한테도 드러

낼 수 없었던 일들을 토해내니 후련한 것 같기도, 불안한 것 같기도 하다. 그 선생님을 경계한 것까진 아니지만, 이렇게까지 술술 불어버릴 줄은 몰랐다. 첫날에 이 정도의 얘기를 쏟아냈는데 앞으로의 상담은 어떤 식으로 진행될지 궁금하다. 윤서의 얘기가 나올 때마다 눈물이 고이는 느낌이 든다. 슬슬 마음에 묻는 연습을 하지 않는다면 개학했을 때 정상적인 학교생활을 할 수 없을 것이다. 참는 법을 배워야 한다. 사실 오늘도 자해를 했다. 이거라도 하지 않으면 충동적으로 죽어버릴 것만 같은 불안감 때문이다. 오늘 서명한 서류 속엔 자해를 하지 않겠다는 서약이 있었는데 말이야. 그 조약이 터무니없는 걸 탓하기로 했다.

상담에선, 평소엔 들어도 별생각 없던 단순한 위로들이 오늘따라 목 끝까지 차올라 눈물을 참느라 고생이었다. 마음고생했을 거라는 말 한마디가 왜 그렇게까지 슬펐을까. 그냥 나도 한 번쯤은 '앞으로 힘내?' 같은 말이 아니라, 지나간 날들까지 인정받아 보고 싶었던 게 아닐까.

　　새로운 아침이 밝았다. 마음만큼이나 일어나는 몸이 무거웠다. 상담을 하면 생각이 좀 정리될 줄 알았는데 오히려 더 복잡해진 것 같다. 사람이 너무 어렵다. 상담원들은 쉬우려나.

아무 일정 없는 목요일을 어떻게 보낼까 고민하고 있었다. 이대로 눈을 감고 낮까지 늦잠을 잘까, 정처 없이 떠돌아다녀 볼까, 아니면 선유나 정아랑 만날까.

[정아야 오늘 시간 돼?]

[학원 가야 되긴 하는데 왜?]

[아 그럼 안 되겠네, 놀까 했어]

[유선유 오늘 학원 없는데 불러봐]

[오키]

——

[선유야 오늘 시간 돼?]

[엉 왜]

[만날래? 할 거 없는데]

[조아. 학교 앞에서?]

[어어]

[ㅇㅋㅇㅋ]

정리된 감정이나 생각 같은 건 하나도 없었지만 집에만 있게 된다면 내가 점점 더 무너지게 될 게 두려웠다. 나는 지금 당장 언제라도 윤서를 따라 죽을 것만 같은 생각이 들었다. 누군가와 같이 있다면 그럴 수 없겠지.

나갈 준비를 하기 시작했다. 여느 때처럼 머리를 감고, 옷을 갈아입고 머리를 말리고. 그러나 어딘가 마음 한편에 공허함을 느꼈다. 이유야 분명하지만 더 생각해내고 싶지 않은 이유였다.

＊ ＊ ＊

"유수아! 오랜만."

"오랜만이네."

"뭐 하고 지냈어?"

"나야 뭐, 공부도 안 하니까 집에서 혼자 놀았지."

"헐⋯, 안 심심했어?"

"딱히? 너는 뭐 하고 지냈는데?"

"나도 별거 안 한 거 같은데? 그냥 집 학원 집 학원."

"그렇네."

우리는 동네 공원 벤치에 앉아 서로 근황을 계속 이야기했다.

"너 이정아랑 연락하냐?"

"정아는 왜? 연락 안 돼?"

"요즘 만나자 해도 만나지도 못하고, 내 연락도 전보다 훨씬 늦게 본다니까."

"정아가 방학이라고 바쁜가 보지."

"그런가…, 그보다 너 요즘 괜찮냐?"

"뭐가?"

선유가 자기가 괜한 말을 꺼냈나, 하는 표정으로 바라봤다. 괜찮다 하기엔 별로 안 지나지 않았나. 안 괜찮다고 하면 날 불편해하지 않을까.

"실감이 안 나서 괜찮은 거 같기도 하고, 또 가끔 많이 슬프고 그러네."

최대한 덤덤한 말투로 한 말은 내 최적의 선택이었다.

"솔직히 좀 믿기 힘들긴 하잖아. 우리 크리스마스 날 같이 놀기로 했었는데, 다들 충격 먹어서 집에만 있었을걸."

"선유 너도 힘들어?"

"안 힘들 수가 있냐, 그래도 1년 가까이 같은 반이었는데. 우리 반 2명이나 줄었네, 이주현 가고 황윤서 없고."

"그러게, 이제 우리 반은 아니지만."

"아 그렇네. 반 배정 언제 나온댔지?"

"2월 언제."

"미친, 두 달 정도 남은 거야?"

"아마도?"

"에반데…"

나만 윤서 때문에 힘든 게 아니라는 그 말 하나가 조금 위로가 됐다. 내가 이상한 게 아니라고 말해주는 것 같았다. 내가 특히 예민하게 구는 게 아니라고.

"선유 넌 힘들 일 없어?"

"힘든 일? 윤서 일 빼면 엄마 아빠? 다른 건 딱히."

그러고 보니 2학기 때에도 몇 번 부모님 때문에 죽고 싶다고 말한 적이 있던 거 같긴 하다.

"요즘에도 사이 안 좋아?"

"좋을 리가. 그냥 뭐랄까, 다 좆같애."

"그 정도야?"

"아니 난 미대 가고 싶다고 몇백 번은 말했는데 지원 하나 없이 어떻게 가라는 거야."

"아 너 그림 잘 그렸지. 그럼 너 학원도 안 다녀?"

"돈이 없는데 어떻게 내, 14살짜리 알바 받아주는 데도 없고. 왜 내 앞길을 막는 거지?"

어중간한 재능은 저주니까, 오히려 더 나은 앞길을 찾아주는 거 아닐까. 그런 말이 나오려 했다.

"너 공부도 잘하지 않나."

"내 가내신 보고 말한 거 맞지?"

"아….."

"난 내가 미술에 재능 있다고 생각하는데 아닌가."

"재능만으로 되는 건 아니니까, 노력도 돈도 필요하고 입시미술만의 고충도 다 있는 거고."

특출난 재능 없으면 공부해야지, 진짜 철없네라고 생각해
도 입 밖으로 나오는 말들은 전부 유선유를 응원하는 말들
이었다. 어차피 우린 남이고 네가 어떤 인생을 살든 내 상관
은 아니니까.

"인생 존나 어렵네. 그냥 나 하고 싶은 거만 하면서 생각
없이 살고 싶다."

"중학생은 그래도 되지."

"되겠냐."

"뭐 그런가."

대화가 점점 이상한 곳으로 가고 있는 거 같은데. 해 지면
또 추우니까 어디 들어가자고 해볼까.

"선유야 추운데 어디 들어갈래?"

"그래. 카페라도 갈까?"

"좋다."

그렇게 조금 걸어서 나오는 작은 프랜차이즈 카페에 자리
를 잡았다. 선유가 겉옷을 벗자 꽤 얇은 니트가 보였고, 그
니트가 걷어지며 손목 군데군데 붙어 있는 반창고가 보였다.

"다쳤어?"

"아 이거, 자해."

아무렇지 않게 말하는 선유의 말에 내 귀를 한번 의심했다.

"보통 다쳤다고 말하지 않나."

"보통 놀라지 않나."

뭔가 우리 둘 다 정상적이진 않다는 생각이 들었다. 이런 얘기가 당연하게 오가는 게 그리 좋지만은 않았는데, 처음으로 비슷한 사람을 만난 것 같다는 생각도 들었다.

"수아는 이런 거 안 할 거 같은데, 자해해?"

"아니 그냥."

"아 윤서 때문이려나, 미안."

"아니야."

아직도 어떻게 윤서 얘기를 그렇게 쉽게 꺼낼 수 있는 건진 잘 모르겠다. 자칫 화가 날 것 같기도 한데 결국엔 혼자 멍하니 생각에 잠겼다.

"너 자해계라는 거 알아?"

"들어는 봤어."

자해계. 자기 몸에 낸 상처를 찍어서 게시판에 올리는 계정들을 말한다.

"나 사실 그거 운영하거든."

선유는 몸에 반창고를 하나하나 떼기 시작했다. 나와는 비교도 안 될 만큼 깊고 큰 상처들이 구석구석 새겨져 있었다.

"…칼로 그은 건 아니네."

아무렇지 않게 말하려 했는데 어쩔 수 없는 충격 때문인지 몸에 소름이 돋았다.

"몇 개는 가위로 잘라냈고, 칼로 가죽 벗긴 것도 있고."

"너 몸에다 그렇게까지 한다고?"

"너도 한다면서."

"나는 칼로 좀 긁는 정도지…."

"별로 안 힘들어?"

"…아니."

힘든 크기가 자해 흉터에 비례하는 게 아니란 걸 알면서도 그때는 마땅히 대답할 수 있는 말이 없었다. 지금은 선유가 너무너무 아파 보였기에.

"자해계 같은 건 왜 하는 거야? 안 아파?"

"당연히 존나 아프지. 말이라고 하냐."

선유는 킥킥 웃고는 말을 이어나갔다.

"계정은…, 글쎄. 방에서 혼자 긋고 자르고 있다가 누가 알아주고 위로해 준다고 생각하면 조금은 행복하지 않아?"

"난 잘 모르겠어."

"…뭐, 이해까지 바라고 말한 건 아니야."

"하나만 물어봐도 돼?"

"뭘?"

"넌 자해를 왜 하는 거야? 죽고 싶어?"

내가 넌지시 묻자 선유는 잠깐 고민하다 대답했다.

"살고 싶어서."

나와 똑같은 이유였다.


윤서는 그 어떤 흔적도 남기지 않았기에, 내 앞에서 자해 상처를 보인 일은 없었다. 그래서 선유의 상처에 더욱 충격 받았다. 며칠 동안은 상처들이 눈에서 아른거렸다. 한 지 얼마 안 된 것 같이 피가 잔뜩 묻어 있는 상처도 눈에 고인 듯이 사라지지 않았다.

* * *


새 학기에 들어서는데도, 공부도 준비도 자기계발도 안 했다. 뭐 어때. 내가 아무렇지 않게 살면 그거대로 독한 년이라 욕할 텐데.


### 2월 25일

곧 있으면 벌써 개학이다. 음, 학교가 작은 사회라고 말하는 걸 생각해보면 나는 사회생활을 정말 못하는 걸지도 모르겠다. 사람이 너무 지친다. 이런 나도 지친다. 아무나 나 좀 쉬게 해줬으면. 잠깐은 전부 놓고 쉬어도 된다고 말해줄 사람이 있었으면.

그건 나한테 너무 과분한 일일까.


어느새 다시 수요일이었다. 상담 때문에 회사에서 일찍 나온 엄마 차에 올라탔다.

"나 때문에 번거롭지, 미안."

"아니야 뭐가 미안해."

저번에 못 했던 말을 했다. 이번엔 엄마가 말을 꺼냈다.

"수아야 혹시 상담 말고, 아예 병원은 어떻게 생각해?"

"정신과?"

"너무 그렇겐 생각하지 말고, 저번에 상담 선생님하고 얘기를 해봤는데 수아가 약물 치료랑 상담을 병행하는 게 더 효과적일 것 같다고 말씀하시더라고."

"아…, 난 약은 별로."

"왜?"

"그거야 좀 환자 같잖아."

"너 환자 맞아."

"아직 그 정돈 아니야."

"그래 그럼, 오늘 선생님하고 얘기 잘하고 와. 엄마는 약물 치료 시작하면 상담은 더 이상 필요 없을 거 같아서 물어본 거야."

"알았어. 이따 봐."

$$* \quad * \quad *$$

"안녕하세요."

"수아 안녕~ 방으로 들어갈까?"

선생님이 녹음기를 켜시고 종이를 준비하시곤 말을 꺼내셨다.

"있잖아, 오늘은 선생님이 물어볼 게 하나 있는데."

"아, 네."

"수아가 가장 좋아하는 시간이 있어?"

"시간…, 그런 건 딱히 없고요. 굳이 말하자면 겨울밤을 참 좋아했어요."

"겨울밤?"

"네."

"겨울밤의 어디가 좋았어?"

"어둡고 추운데, 쌓인 눈들은 하얀 걸 좋아했어요. 가장 춥고 시린 계절이 그렇게 아름다운 게요. 특히 밤은 더 춥고, 가로등에 비쳐 내리는 눈들은 더 하얗고, 손끝은 빨갛게 시린 게, 그냥 오히려 더 아늑하고 따뜻했어요."

"혹시 겨울밤은, 윤서라는 친구와 관련이 있을까?"

"음…."

나는 잠시 대답을 주저했다.

"만약 사계절 중 겨울이 사라지면, 춥다고 불평만 하던 사람들도 겨울을 아름다웠던 계절로 기억해주지 않을까요?"

"응응."

"저도 사라질 때까지 몰랐거든요. 춥기만 한 계절이 뭐 그리 예뻤는지."

상담사는 종이에 동그라미를 여러 번 그렸다.

"윤서는 수아한테 선생님 생각보다 더 큰 의미였던 것 같네."

"저도…, 좀 그런 거 같아요."

"윤서는 어디가 예뻤니? 존경할만한 친구였어?"

"얼굴이 그렇게 예쁜 건 아니었어요. 귀여운 정도? 근데, 매일매일 버티면서 살았을 거예요. 수십 번씩 사진첩이랑 수첩을 돌려보면서, 하루하루 숨 쉬는 것도 버겁게 살았을 텐데요. 그러면 존경할만한 친구라고 부를 수 있는 걸까요."

"수아는 윤서가 왜 그런 선택을 한 건지 아니?"

"선택이 아니에요. 윤서가 정해서 떠난 게 아니에요…."

"윤서는 죽을 날을 기록해 뒀다고 하지 않았어?"

"그걸 윤서가 선택했다고 말할 수 있어요…? 어차피 죽을 사람이었다고 생각하면서, 그냥 남은 인생을 산다고 생각했을 텐데요. 떠밀려 죽은 거예요, 윤서는. 옥상 그날도 세상이 윤서를 민 거지, 윤서가 떨어진 게 아니에요…."

내가 흥분하자 상담사는 내가 한 말들을 종이에 길게 적어놓았다.

"그래, 수아야. 선생님이 물어본 이유는, 수아가 가장 좋아하는 시간을 어떻게 보내고 있는지 궁금해서 그랬어. 만약 그 시간을 우울하게 보내고 있다면, 그때만 행복해도 날이 달라지거든."

"그럼 저의 경우엔 제 겨울밤이 행복해야 하는 걸까요?"

"시간이 아니니까 조금 애매하네…. 그 친구와의 시간을 괴로운 기억으로 남기지 않기 위해 노력하면 좋을 거 같아 선생님은."

"그렇군요…."

"혹시 부모님하고 약물 치료 이야기는 해봤어?"

"약물 치료요? 얘기가 나오긴 했는데 전 좀 부정적이라."

"어? 왜?"

그래도 선생님이 먼저 추천한 건데 부정적이라 말한 건 조금 그랬나.

"음…."

"그냥 편하게 말해줘도 돼."

"저는 약에 의존하는 느낌은 받기 싫어서요."

"수아는 약에 의존하게 될까 봐 두려운 거구나."

"그런 거 같아요."

"근데 선생님은 수아가 약을 의존하는 게 아니라 이용하는 정도로 생각하면 좋을 것 같은데."

'순간적으로 충동을 막고 기분을 좋게 만들어주는 거라면, 그게 마약이랑 다를 게 뭔가요.' 말을 아꼈다.

"이용이요?"

"응, 약은 복용하기 시작해도 상태가 완화되는 것 같으면 점점 약을 줄이고, 나중에는 약 없이도 정상적으로 생활할 수 있게 도와주는 역할이니까."

"좀 더 고민해 볼게요. 저 혼자 결정할 일은 아닌 거 같아서요."

"그래 알았어. 하지만 가장 중요한 건 수아 마음이지. 오늘은 우리 여기까지 하고 다음 주에 다시 얘기할까?"

"네."

"그래 조심히 들어가~"

"안녕히 계세요."


"오늘은 무슨 얘기 했어?"

엄마는 내가 조수석에 앉기도 전에 질문을 쏟아냈다.

"윤서 얘기."

"안 힘들었어?"

"힘들었어."

"병원은 어떻게 할래?"

"잘 모르겠어."

"긍정적으로 생각해봐."

"엄마는 엄마 딸이 어디 가서 정신병자로 낙인 찍혀도 괜찮아?"

"말이 왜 그렇게 되니? 너 약 먹는 거 누가 알 거라고."

"그냥 내가 떳떳하게 살 수가 없을 거 같아서 그래."

"그럴 게 뭐가 있어."

엄마한테 더 이상 예쁜 말들이 나올 수가 없을 것 같아 입을 닫았다. 내가 가장 사랑하는 엄마는 겨우 나 때문에 힘들어선 안 된다. 이 말을 머릿속으론 수십 번 되뇌면서도 입에서 나오는 말들은 뇌를 거치지 않고 있는 듯했다.


그날은 슬픈 꿈을 꾼 날이었다. 한동안은 그걸 꿈이라고 인식하지 못했다.

악몽에서 깨어난 뒤에도 안도의 한숨을 쉬지 않았다. 그 여운에 눈물을 흘리지도 않았다. 정말 그저 나의 일상 같다는 느낌에 슬픈 것뿐이었다. 깊고 깊은 우울이 내 무의식까지 점령한 걸까…. 두려운 현실이 되려 악몽이었다. 악몽을 꾸곤 오히려 현실이 꿈이길 바랐다. 웃기지만 그랬다. 차라리 허풍뿐인 웃긴 꿈속에서 살고 싶었다. 꿈이라는 아름다운 이름이 있으니까 살만한 곳이 아닐까.

개학이 점점 다가오고 있었다. 나는 어떠한 준비도 되어 있지 않은데 멀쩡한 척 학교에 다녀야 한다. 매일매일이 죽고 싶고 우울한 나를 숨기고, 온실 속 화초처럼.

버틸 수 있겠지. 이 계절을 무사히 넘길 수 있겠지. 세 번의 계절을 더 버티고 또 찾아온 겨울에 떠날 수 있겠지. 그렇게 많은 시간이 흘렀다.


난 윤서가 죽은 지 얼마 안 됐을 때 갔던 강을 다시 찾았다. 그때도 겨울이었는데…, 아직도 그냥 추운 겨울이었다. 변함없는 풍경을 어떻게 받아들여야 할지도 모르겠다고 생각했다. 아무 생각 없이 흐르는 물을 보면 괜히 마음이 편해진다. 산책할 때도 자주 왔었다.

겨울에만 이 강물이 차갑게 얼어버린다. 흐르지 않고 고인다. 가장 깊은 어느 곳만 보이지 않게 흐르긴 한다.

이조차도 나를 위한 건 아닌 것 같았다. 난 겨울엔 누구한테 위안을 얻어야 하는 걸까.

그때처럼 눈이 오진 않는다. 내 마음의 폭풍은 아직 진정

되지도 않은 것 같은데, 그냥 눈이 왔으면 좋을 것 같은데.

뿌연 하늘에 한숨을 내쉬었다. 이내 입김으로 변해 하늘 높이 올라가 사라졌다.

다시 이곳에 올 땐 어떤 마음이려나. 그때도 죽고 싶다는 생각이거나, 윤서가 생각나 오게 되는 거라면 좀 마음 아플 것 같다. 마음을 추스려야만 하는 시간이 다가오고 있다.

숨 쉬는 것만으로 어려운 시리고 시린 겨울방학이 끝났다.

날씨가 풀렸다.

너의 냄새가 희미해져 간다.

# 如履薄氷

### 여리박빙

살얼음을 밟는 것과 같다는 뜻으로,
아슬아슬하고 위험한 일을 비유적으로 이르는 말.

## 哀 而 不 悲

애 이 불 비

개학 첫날, 새로운 반이었지만 모두가 날 알고 있었다. 수
군대기보단 대놓고 손가락질하며 "쟤가 걔야?"라고 말하고
있었다. 이젠 익숙해질 법도 한 환경에 가만히 눈을 감았다.
여기서 발작하면 미친년 소리밖에 더 들을까. 서서히 익숙
해지겠지.

새로운 선생님, 새로운 반, 새로운 책상과 의자, 새로운 친
구들. 모든 게 새로웠지만 아무런 의미로도 다가오지 않았
다. 이런 거에 설레고 행복해하고 싶지 않았다. 반에 들어온
순간부터 그저 책상에 엎드려 멍때리고 있었다.

"안녕."

책상에 엎드려 있는 내 위로 누군가 나에게 인사를 건넸

다. 턱만 올려 앞을 보았다. 활기차 보이는 남자애였다. 걔는 대충 꿇어앉아 엎드려 있는 내 시야에 눈을 맞췄다.

교복에 명찰이 없었다.

"유수아지?"

"왜 나한테 말 거는 거야?"

"그야…. 친해지고 싶으니까?"

"그니까, 내 이름을 알고도 왜 친해지고 싶은데."

"네 이름이 친해지면 안 되는 이름이야?"

"응."

"왜?"

"그냥 친해지지 마."

"나 너랑 친해지고 싶다니까."

"너 혹시 전학생이야?"

"지금 알았어?"

아, 아까 들렸던 "쟤가 개야?"라는 소리는 내가 아니라 애를 향한 것이었으려나.

"내 이름은 어떻게 아는데."

"명찰 있잖아."

"아…."

내가 넋을 빼고 반응하고 있는 걸 아는지 모르는지, 그 애가 이어 말했다.

"너 재밌다. 친해지자 그니까."

내가 마음에 드는 것처럼 보였다. 그런데 뭐랄까, 이성적인 호감이라기보다는 호기심? 그게 아니라면 동질감처럼 보이기도 했다.

"내 이름은 알아?"

나는 고개를 저었다.

"성민이야. 외자."

그렇게 말하며 웃는 저 얼굴에 심한 말은 꺼낼 수 없었다. 그렇지만 확실한 건, 나에 대한 소문 하나 모르고 섣불리 친해졌다간 후회할 거다.

"우리 반 아무한테나 내가 어떤 애냐고 물어봐. 그러고도 나랑 친구 하고 싶을지."

나는 그렇게 말하고 교실을 나왔다. 사람에게 상처받지 않으려 한 나의 최선이었다. 또 무서운 복도를 지나 화장실로 도망쳐 거울을 봤다. 사랑받던 나의 모습은 온데간데없었다. 눈 밑엔 다크서클이 퀭했고 몸 어디에서도 생기라곤 찾아볼 수 없었다. 이제는 나조차도 나를 사랑할 수 없게 되어버린 것이다.

나를 불쌍하게 보는 것은 나로 족하다.

세면대엔 피가 묻어 있었다.

눈을 깜빡이니 이내 사라졌다.

어느새 봄이 다 오고 있었지만 아직 깊은 곳에 겨울바람이 불었다. 울고 싶게 눈가가 시렸는데, 누가 볼까 혼자 흐르려는 눈물을 닦아냈다.

* * *

다시 반으로 들어오자 그 애는 자기 자리로 돌아가 있었다. 그리고 날 약간 쳐다봤다.

나도 자리에 앉았다. 그야 이제 같은 반이 될 수 없는 친구를 잊지도 못한 내가 새로운 친구를 사귈 수 있을 리가 없잖아.

개학 날이어서, 1교시는 새로운 담임 선생님의 자기소개였다. 친구들끼리 알아가는 시간, 뭐 비슷했다. 하지만 3학년쯤 되면 서로 신상 정도는 다 알고 있으니, 성민의 자기소개에 관심이 쏠렸다.

"어…, 안녕! 성민이고, 이름은 외자야, 민. 다 친하게 지내고 싶어. 먼저 말 걸어주면 고맙겠고."

아이들의 호기심 어린 눈빛이 나는 그저 웃겼다. 그러다 성민과 눈을 마주쳤다. 씨익 웃는 모습이 기분 나빴다. 나에 대해 뭘 안다고. 그래 봤자 내 얘기 들으면 멀어질 거 뻔히 아는데 뭔 가식이야.

"야."

"아 깜짝아."

종이 친 줄도 모르게 정신을 놓고 있었다.

"나 너 얘기 들었어."

말문이 막혔다. 근데? 그래서? 그걸 왜 나한테 말하는데? 튀어나올 말이 끝도 없이 생각났지만 입 밖으로 나오는 말을 아무것도 찾을 수 없었다.

"근데 너랑 더 친해지고 싶게 하더라."

"…너 지금 나 놀리냐?"

"에이 설마. 친해지고 싶다니까?"

"웃기지 마, 어디까지 들은 건데?"

"음…. 진짜 궁금해? 황윤서라는 애부터 장례식 얘기까지."

"…씨발."

"왜 욕을 하고 그래."

"닥쳐, 말하지 마."

"내가 뭐 잘못했어? 네가 애들한테 물어보고, 그러고도 친해지고 싶으면 다가오라는 거 아니었어?"

"…."

"틀린 말 아니지."

"나랑 친구가 왜 하고 싶은 거야 대체."

"내가 이 학교에, 이 3학년에 왜 전학 왔을 거 같아?"

"알 바야?"

"나도 너만큼은 아니어도 괴로워서 왔어."

'어쩌라고.'

"좋은 친구가 될 수 있지 않을까."

'괴로움을 공유하는 친구?'

"그러는 너는 그 황윤서라는 애랑 즐거움만 공유했어?"

'황윤서 말하지 말라고.'

"아 알았어, 눈 풀어봐."

"…"

모든 말들을 입으로 삼켰다.

"너도 힘들잖아, 동정이나 가식이나. 내가 진심으로 위로해 주겠다고. 너도 그런 친구 필요할 거 아니야."

'…'

"난 이제 친구 사귀면 안 돼."

"뭐?"


-띵동댕동-


"…다음 시간에 다시 올 거야."

성민이 다시 자리로 갔다.

진짜 존나게 끈질긴 애다.

그런데 짜증 나게도 기분이 그리 나쁘지 않았다. 그게 더 짜증 났다.

"내가 친구가 굳이 필요한가."

중얼거렸다.

수업시간 내내 집중하기 힘들었다. 사실 최근 들어 수업을 제대로 들은 기억이 없다. 어쩌면 당연한 일이라, 선생님들도 내가 잠을 자든 멍을 때리든 그러려니 하고 넘어가는 것 같다.

쉬는 시간이 오니 괜히 긴장됐다. 성민이 한 말의 의미를 계속 곱씹어 보았다.

그런데 아무리 기다려도 아무도 오지 않았다. 힐끔 뒤를 보니, 다른 애들과 떠드느라 바빠 보였다.

하긴, 전학생인데 나랑만 말하는 것도 이상하지. 그냥 그 모습이 너무 이상적인 반의 풍경이라 내버려두기로 했다. 내가 뭐 어떻게 할 처지도 아니고 말이야.

\* \* \*

"다녀왔습니다~"

늘 그랬듯 아무도 없는 집에 인사를 건넸다. 슬슬 두꺼운 겉옷을 입지 않아도 되는 날씨가 찾아오는 중이다. 이상하게 날씨가 따뜻해질수록 윤서와 멀어지는 기분이 들었다.

어쩐지 어느 순간부터 겨울이 윤서가 되었다.

내가 죽을 겨울에는 너를 맞을 수 있을 거다.

심심한 하루라, 연락을 하려 핸드폰을 들었는데 연락할 수 있는 친구가 없었다. 그때 눈에 들어오는 이름이라곤

[황윤서]

미처 지우진 못하는 연락처인데, 전화를 걸어봤다.

지독한 통화연결음만 계속해서 반복될 뿐, 그리운 목소리가 들리는 일은 없었다.

당연히 예상한 일이다. 근데도 황윤서라는 사람이 부정당하고 있는 느낌이었다. 물론 더 이상 이 세상 사람이 아니긴 하지만, 함께했던 모든 시간들마저 부정당하는 느낌에 또 넋을 놓고 창문 밖을 바라봤다.

하늘에서 내가 올린 꽃은 받았을까. 거기선 부모님이랑 만났으려나. 윤서 부모님은, 윤서를 반겨주셨으려나.

아직도 황윤서 생각으로 가득 차 있는 머리를 뜯어버리고 싶었다. 나를, 좀, 어쩌면, 윤서는 내가 이렇게 될 거까지 예상하지 않았을까.

오늘은 또 어쩐지 윤서가 원망스러웠다.

* * *

"엄마 왔다~"

"어서 오세요~"

"잘 있었어?"

"못 있을 게 있나."

"아이구 우리 딸 다 컸네! 집에서도 혼자 씩씩하게 잘 있고."

"언제 적 얘기를 하는 거야."

"엄마 씻고 잘게~ 수아도 공부하지 말고 일찍 자!"

"별걸 다 걱정해."

"알지, 수아 공부 안 하는 거. 아니다 싶으면 안 하고 말면 되는 거야! 알지?"

"응응, 피곤하겠다. 빨리 자."

"그래 잘자~"


갑작스레 들어온 엄마 때문에 미처 닦지 못한 피가 뒷짐진 내 손등을 타고, 종아리로 몇 방울 떨어지기도 했지만, 들키진 않은 것 같았다.

빠르게 방으로 들어갔다. 방이랑 이어진 화장실에서 흐

르는 물에 팔을 닦고, 물티슈로 다리를 마저 닦고, 밴드를
몇 개 대충 붙이고 긴팔로 갈아입었다.

\* \* \*

침대에 누워서 SNS를 좀 구경하고 있었다.
순간 낮에 걸었던 전화가 생각나 전화앱에 들어갔다.

[이주현] 부재중 전화
언제 왔는지 모를 부재중 전화가 남아 있었다. 조금은 그
리운 마음에 이어폰을 꽂고 전화를 걸었다.
"오랜만이다야! 개학했지!"
"그러게, 오랜만이네."
오랜만에 듣는 목소리였다.
"사실 너보다 윤서한테 먼저 걸었는데 안 받더라? 너무
새벽이긴 해."
"…윤서?"
"응! 너한테 먼저 안 해서 삐졌냐?"
"너 혹시 최근에 우리 동네 온 적 있어?"
"굳이 갈 이유 없었지…? 왜 무슨 일 있어?"
그래, 생각해보니 장례식장에서도 못 본 거 같다. 정신없

어서 연락할 생각도 못 했는데, 부모님이 안 말해주셨나?

"아니야."

"뭐야, 놀랐네. 윤서도 잘 지내지?"

"응, 잘 지내."

"다행이다…. 방학에 한번 놀러 갈게."

"알았어."

"왜 이렇게 목소리에 힘이 없어?"

"아…, 자려 했어서 좀 졸리네."

"내가 방해했네, 잘 자. 엄마한테 들킬 거 같아."

"응, 너도 잘 자고 파이팅해."

숨 막혀.

주현이는 윤서가 죽은 걸 모른다.

공부시키겠다고 강남 8학군으로 이사를 가버린 부몬데, 애 공부 방해되게 얘기했을 리가 없지.

가슴이 쿵쾅거리고 진정을 할 수가 없었다. 윤서의 안부를 꾸며 말하는 건 숨 막히고 힘든 일이었다. 금방 울 수도 있을 정도로.


아니다, 너무 안일했나 보네, 이미 울고 있었다. 주현이에게 미안한 마음에 가슴이 아프고, 뭐가 맞는 건지 하나도 모르겠다. 엄마가 집에 와버렸으니, 꾹꾹 참는 신음소리와 눈물을 내보냈다. 마음 놓고 크게 울고 싶었다.

* * *

몽롱한 느낌에 눈을 더 감으려다, 갑갑한 마음에 눈이 떠졌다. 내 의지와는 전혀 상관없이 또 아침이었다.
"…벌써 3월이구나."
걸려 있는 교복을 입었다.

평소에도 매일 입던 교복인데, 뭔가 이질적이다.
새로운 반에 적응하기도, 윤서가 없는 등하교와 쉬는 시간들, 점심시간들을 적응하기도 너무 벅찼다.
나는 아직 윤서를 보내주지도 못했는데.
아직 아주 가까이 살아 있는 것만 같은데.

언제까지 이렇게 살 수 없다는 걸 알면서도, 언제까지고 이렇게 살고 싶었다. 점점 사라져 가는 황윤서의 기억으로 평생을 살아가고 싶어졌다. 나에게만 더 괴로운 일이라는 걸 알면서도 그냥 그러고 싶었다.

哀而不悲

* * *

"왔냐?"

익숙하지도 않은 목소리가 내 어깨에 팔을 둘렀다.

"…"

아는 척 좀 하지 말라는 눈빛을 보냈다.

"아, 왜 째려봐."

"…지치지도 않냐."

"오, 말했다. 이제 겨우 이틀째인데 지치면 안 되지."

"말 걸지 마."

"아, 상처받았어."

안 받았으면서.


개학 당일부터 며칠째 나한테 말을 걸고 있는 이 성민이라는 남자애는 정말 지치지도 않는지, 하루도 빠짐없이 계속 이러고 있다. 애랑 같이 있을 때 느껴지는 시선은 벌써 질리고 짜증 날 지경이다.

혼자 있어도 눈에 띄는 애가 나랑 있으면 얼마나 더 눈에 띌까, 물론 나까지.


반에 들어가도 걔가 보였다.

나는 아직 저 자리에 있어야 할 윤서가 많이 보고 싶은데.

그런 생각이 들자마자 자리에서 일어나 복도로 나갔다.
교실에서는 할 수 있는 게 아무것도 없었다. 친해지려는 사
람도, 성민 말곤 없다. 그 애는 친해지기엔 무리니까.

"수아야!"
정아가 꽤 활기차게 나를 불렀다.
"우리 방학 동안 못 봤네."
나도 나름 밝게 대답했다.
"너는 좀 괜찮아?"
"나야…. 힘들 만큼 힘들었지."
정아가 걱정스러운 눈으로 쳐다보고 있었다. 그 눈에 걱
정이라도 시킬까 봐 대충 웃어보았다. 학교에선 오랜만에 웃
어본다. 가식으로라도 웃는 게 더 보기 좋았는지, 정아도 한
시름 놓은 표정으로 따라 웃었다.

"다행이네, 아, 너네 반에 전학생 있다며."
"아, 어."
"잘생겼다고 소문났던데 진짜야?"
"아…. 뭐 그런 것 같아."

"헐, 어딨어? 대박."

"애들하고 있겠지."

"너는 별로 관심 없어?"

"음⋯."

나는 뒤돌아 웃고 떠드는 민이를 쳐다봤다.

"응, 곧 종 치겠다, 선유는?"

"다음 쉬는 시간에 데려올게, 걔 8반."

"알았어."


반에 들어가자마자 딱 맞게 조례시간 종이 쳤다. 윤서가 떠남으로 전교생이 한 명 줄어드는 줄 알았는데, 어째 그대로였다.

그건 그거대로 마음에 들지 않았다.

추억으로 남기기엔 너무 가까운 그리움이어서.

멀쩡한 척이라도 해야 일상생활을 할 수 있었다. 전혀 귀에 들어오지 않는 수업을 가만히 쳐다보며 한 귀로 흘리고 있는 게 일상이었다.


우울감에 젖어 현실을 도피해 버리기엔, 죽지 않는 이상 그거대로 힘든 일이었다.

그래서 죽고 싶다. 남아 있는 숫자들은 내가 얼마나 버틸 수 있는지 시험하는 용도 같았다.

현실감 없이 살든, 내 나름의 현실을 생각하며 살든, 답답하고 힘든 건 매한가지였다.

우울한 사람을 그저 그런 애로 보는 시선은 거의 없다.

좋게 말해봤자 동정이거나, 특이 취급이었다.

그니까.

"오늘 1교시 뭐야?"

지금 나한테 말을 거는 게 절대 날 위한 행동이 아니라고 알아줬으면 하는데.

"아, 뭐 이상한 심리검사 한댔다."

"말 좀 그만 걸어."

"직설적인 건 안 먹혀서 몰래 가까워져 보려고."

"포기해."

"안 해."

성민이 나와 친해지지 않길 바라는 마음은 진심이었다. 겨우 외롭다는 변명으로 또 친구를 사귀는 건 사치였기에, 포기가 빠른 난 끈질기게 행동할 수가 없었다.

내가 받아주든 아니든 혼자 상처받을 거라는 걸 정말 모르는 건가.

1교시에, 심리검사 한다고 했지.

종이 치자 처음 보는 다른 학년의 선생님이 들어오셨고,
거의 300문항의 검사지와 OMR을 나눠주셨다.

우습지만 빨리 끝내고 자기라도 할 생각에 검사지를 펴
보았다.

---

**나는 슬프다.**

매우 그렇지 않다 ○

**나는 일상생활에 만족하고 있다.**

매우 그렇다 ○

**나 자신이 쓸모없는 인간이라는 생각이 자주 든다.**

매우 그렇지 않다 ○

**나는 자살을 진지하게 생각해본 적이 있다.**

매우 그렇지 않다 ○

---

컴퓨터용 사인펜으로 깊게 생각하지 않고 정해진 답을 골랐다. 이런 게 통하고, 효과가 있다면 윤서 같은 어린애가 죽었을 리가 있을까. 답이 정해진 이 시험에 말려들어 갈 애가 있을까.

작년에도 재작년에도 한 같은 검사에서 윤서는 한 번도 교무실에 가본 적이 없다.

30분이 걸린다던 검사를 5분 만에 끝낸 채, 남은 시간은 그냥 엎드려 있었다.

그날도 집에 가 생각했다.

윤서 생각을 했나 보다.

윤서는 그 검사 결과지에 뭐라고 답했을지 궁금했다. 나랑 비슷한 생각을 가지고 있지 않았을까.

침대에 누워 있는데 주현이한테 전화가 왔다.

감정을 더 소비하기엔 충분히 지쳐 못 받은 척 끊고 싶었지만, 그것 또한 죄책감이 들어 그렇게 하지 못했다.

"여보세요?"

"수아~ 3학년 어때!"

"뭐, 그럭저럭."

"무미건조해⋯. 원래 이 정도 아니었는데."

내가 그랬나.

"넌 요즘 어떤데?"

"고입과의 전쟁."

"공부하는 게 제일 힘들지 않냐."

"뭐, 꼭 그런 법이라도 있나⋯ 좀 스트레스받긴 하는데 사연 있는 애들만 하겠어? 잠 좀 덜 자고 가만히 앉아서 공부하면 돼."

"그게 다 스트레스지."

"맞아 사실. 공부하는 기계 같아 내가."

"부모님은? 스트레스받는다고 얘기해봤어?"

"얘기해 봤자지, 학생일 때 나처럼 편하게 공부할 수 있는 게 제일 복이다, 가장 편할 때다, 좋은 대학 가서 잘 사는 게 제일 효도다."

"답답하겠다."

"너는 부모님이 공부하라 안 하지?"

"공부는 강요 안 해."

"부럽다~"

"뭘⋯. 가끔은 내 미래가 좀 불안해."

사실 안 불안해. 죽을 거잖아.

"너 그래도 똑똑하니까. 아니다 싶으면 공부할 거잖아. 너네 부모님도 너 아시니까 내버려두는 거고."

엄마 아빠가 나에 대해 뭘 안다고.

"그치. 아예 너도 믿음을 주는 건 어때?"

"그렇게 믿음 준 언니가 그 모양인데, 자사고 스카이만 부르짖는 그 사람들이 내 말을 듣겠어?"

"너도 참 기구한 인생이다."

"이제 알았냐. 요즘은 소문 없어?"

"응, 없어."

사실 많아.

"다행이네, 잘 자라."

"벌써 자?"

"난 공부해야지…."

"지금 2시, 아 맞구나."

"잘 자."

"그래 너도 오늘은 좀 자."

"불안해서 못 자."

이주현이 아주 작게 말했다. 통화가 그 속삭임과 비슷하게 끊어졌다.

왜 세상은 우리 같은 애들을 이 지경까지 몰아넣을까.

나는 너와 얘기할수록 거짓말쟁이가 되어가고, 넌 나와 얘기할수록 안심하는 거 같아. 죄책감이 든다. 죄책감은 어째 손쉽게 윤서와도 연결된다. 끊이지 않는 굴레처럼 나를 조여온다. 전화를 끊자마자 올라오는, 사실은 전화를 끊기 전부터 올라왔던 우울감과 불안감이 날 완전히 삼키는 건, 긴 시간을 필요로 하지 않는다.

누군가의 편견과 꼬리표에서 벗어나지 못한다. 그 누군가란 이름의 주인은 많겠지만, 결국 모두 내가 제작해냈다.

그 모든 꼬리표들은 보란 듯이 흉터로 내 몸에 새겨진다. 드러내고 싶어서가 아니라 끊어내고 싶어서 그어댄 줄들에 상처받는 것은 결국 또 나였다.


소리 없이 울다 잠들었다. 일어나니 베개는 말라 있었다.

무슨 안 좋은 꿈을 꾸었던 것 같았는데, 기억나지 않아 다행이었다.

혼자 가기 싫은 느낌이 들었다.


[정아야 오늘 등교 몇 시에 해?]

[나 선유랑 8시 30분. 같이 갈래?]

[선유는 나 안 불편하대?]

[물어볼게. 잠시만]

폰을 내려놓고 나갈 준비를 했다.

죽고 싶다.


D-269

오늘따라 너무 길게만 느껴지는 시간이다.

가방을 챙기고 대충 빠르게 집을 나섰다. 오늘은 엄마랑 아빠가 잠에 깨기도 전에 나왔다. 얘기를 그리 많이 하는 집은 아니지만, 두 분 다 집에 계실 땐 일부러 평소보다 일찍 나오는 편이다.

해가 덜 떴다. 하늘 저편 어딘가가 붉게 올라오고 있긴 하지만 아직 뿌연 빛에 더 가까운 색들이 이내 하늘을 가득 덮었다.

우울함으로 시작하는 하루는 기분이 좋을 수가 없었다. 하루를 시작하는 마음가짐이 정말 중요하다고 어디서 주워들었는데, 그 마음가짐이 매일 죽음을 바라보고 있으니, 멀쩡한 하루는 못 될 것 같았다.

동네를 걷다가 등교할까, 일찍 학교에 가 있을까 수십 번 고민하다가 결국 날씨가 꿉꿉해 곧장 학교로 갔다. 이런 이른 시간에도 등교한 학생들이 좀 있다는 게 신기했다. 우리 반도 누군가 먼저 와 있는 건지, 문이 열려 있었다.

누군가를 반가워할 만한 성격은 아니지만, 그래도 이딴

거에 느끼는 묘한 동질감이랄까. 교실 문을 열었다.

"뭐야, 네가 이 시간엔 웬일로?"

성민이 교탁에 앉아 핸드폰을 보다가 나를 보며 놀란 기색을 했다.

"너는 이 시간에 왜 학교에…."

"아니, 난 뭐, 할 거 없어서."

나는 성민을 한 번 흘겨보고선 자리에 앉아 책을 폈다. 책을 즐겨 읽는 편은 아니지만, 굳이 쟤 앞에서 흐트러진 모습을 보이고 싶지 않았다.

"뭔 책이야?"

"뭔 상관이야."

어느새 내 자리 앞까지 온 성민이 물었다. 제대로 답해줄 생각은 없었다.

"책 두껍다."

"…"

"오늘 날씨 별로지."

대답하지 않았다.

"어, 성민 왔냐!"

"뭐냐, 졸라 일찍 오네."

"네가 나보다 먼저 와 있었잖아."

내가 말을 하다가 들어온 남자애는 성민과 가장 친한 애였다. 쟤도 뭐, 얼굴로 좀 유명했던 걸로 아는데.

"유수아? 같은 반인데 처음 말 걸어보네."

"어? 아…, 안녕."

"너도 원래 일찍 와?"

"아니, 오늘만."

"아 그러냐." 하고는 금방 성민과 놀러 복도로 나갔다.

예의상 말 걸어준 거겠지. 나는 읽던 책을 다시 폈다.

성민이 내 자리 책상에 핸드폰을 두고 갔다.

'가만히 두면 알아서 가져가려나.'라고 분명 생각했는데, 호기심에 핸드폰을 열어보았다.

"뭔 애가 비밀번호도 없냐."

정말 그러면 안 되는 걸 알면서도 그랬다. 잠금만 걸려 있었다면 볼 생각조차 하지 않았을 것이다, 정말로.

내가 메모장을 정말 많이 써서 그런가, 폰을 열고 가장 먼저 메모장에 들어갔다.

"그래도 이건 좀 아닌 것 같은데."

내가 갈등하고 있을 때, 반장이 들어와 소리쳤다.

"애들아, 핸드폰 내자!"

난 급하게 성민의 폰을 원래 자리에 덮어놓았다. 성민은 반에 들어와서 자기 핸드폰을 몇 번 찾더니 나와 눈이 마주쳤다. 그제야 기억이 났는지 폰을 가져가 냈다. 나도 자리에서 일어나 폰을 반납함 속으로 넣었다.

분명 성민의 메모장에 내 이름이 적혀 있었다.

선생님이 들어오시고 나서야 내 짝은 나를 몇 번 툭툭 쳐 깨웠다. 시간이 유독 가지 않는 1교시를 끝내고 복도로 나왔다. 그때, 마침 잘 만났다는 표정의 정아가 잠깐 어디 가서 얘기하자는 눈짓을 보내며 말했다.

"같이 화장실 가자!"

"요즘은 선유랑 안 놀아? 나만 찾네."

진심을 섞어서 장난식으로 물어봤다.

"아~ 유선유 걔 만나서 얘기하기 피곤한 타입이야."

"너네 어렸을 때부터 친했잖아?"

"친했지, 그치…."

정아는 거울을 뚫어져라 보며 화장을 고치고 머리를 만지고 있었다.

"너네 반 전학생 진짜 잘생기긴 했더라."

"성민?"

"아, 그래, 걔."

"잘생기긴 했지."

"너만큼 반응 안 좋은 애 없을걸."

"그런가."

아무래도 잘생기긴 했지만, 그렇게까지 이슈가 될 일인지는 잘 모르겠다.

"걔 공부 잘해?"

"엄…. 딱히 그래 보이진 않던데."

"그래?"

정아가 기분이 좋은 듯 콧노래를 흥얼거렸다.

"있잖아, 수아야, 나 정도면 이쁜가?"

"이쁘지, 당연히."

오돌토돌한 피부, 쌍꺼풀이 있지만 크지 않은 눈, 낮고 큰 코. 솔직히 통상적으로 말하는 예쁜 얼굴은 아닐 것이다.

그래도 서로 이쁘다고 말해주는 것이 맞으니까.

"근데 선유 얘기 더 말해줄 수 있어?"

"아…, 이거 아무한테도 말하면 안 돼?"

"응·응."

"걔 나한테 지 부모님 욕을 많이 해. 알잖아, 걔 새벽까지 문자 존나 하는 거. 나도 들어주느라 힘든 거지…. 자기만 입 있고 손 있나."

"부모님 욕? 심하게?"

"그치? 진심 원수한테도 안 할 말을 아무렇지도 않게 한다니까? 들어보면 지가 잘못한 것도 많은데, 철없는 년."

"아…. 알려줘서 고마워."

"아니야, 것보다 오늘 나 화장 괜찮아?"

"이쁘다니까~"

"고마워, 다음 시간에 봐."

"응. 수업 잘 들어."

요즘 따라 정아가 외모에 관심이 많아진 것 같다. 스트레스로 변질되는 것 같아 걱정이긴 하다.

교실로 돌아와 자리에 앉았다. 다음 시간이 음악이었다.


"야, 음악이다."

"음악이 뭐가 그렇게 좋아?"

"난 그냥 뭔가 노래가 좋아."


괴로워졌다. 가장 먼저 잊는 게 목소리라고 했으면서, 잊혀지는 게 없다. 조그만 말투 하나까지도 떠날 생각을 하지 않았다.

수업이 시작했는데, 교무실로 향했다. 다행히 담임 선생님은 1교시 수업이 없는듯했다.

"선생님, 조퇴할 수 있을까요?"

"어 수아야, 어디 아파?"

"네, 생리통이 심해서요."

내가 배를 만지작거리며 인상을 쓰자 선생님이 종이를 몇 장 꺼내 나에게 주셨다.

"병원 갈 거면 진료확인서 가져오고, 아니면 학부모 의견서 써와. 조심히 가."

"네, 안녕히 계세요."


집 가는 길 하늘이 먹구름으로 찼다.

거짓말처럼 머리 위로 비가 쏟아졌다. 마음이 복잡했다.

아직도 윤서가 죽은 건 전부 내 잘못 같고, 내가 애초에 윤서랑 친해지지 않았더라면 윤서가 죽을 일도 없었을 거라고 믿었다.

눈물이 흘러 땅으로 떨어지는 걸, 함께 떨어지는 빗방울 속에서도 볼 수 있었다.

비도 내 슬픔을 가려줄 수가 없었다.

하늘도 내 눈물을 가려줄 수가 없었다.

그런 슬픔을 겨우 인간이 가려줄 수 있을 거라 생각하지 않는다. 곧바로 조퇴 소식을 들은 엄마에게 전화가 왔다.


"여보세요?

아, 응. 조퇴했어.

그냥 조금 무서워서.

뭐? 아니, 윤서 때문이 아니라.

…그래, 맞을지도 모르겠다.

응,

응,

굳이 해야 돼?

아니.

뭐가 달라져?

최선이 고작 그거야?

…알았어. 응, 오늘 늦어?

아니야, 굳이 일찍 오지 마.

응, 끊어."

내 마음을 치료해야 되는 일이라면 남이 아니라 나 스스로 고칠 수 있게 되길 바랐다.

정말로.


먹구름을 거둔 하늘의 다음 날은, 비 온 다음 날 특유의 풀 냄새가 코를 눌렀다.

"이거 봐, 벚꽃이 폈네."

연한 붉은빛을 띠는 흰 꽃들을 바라보며 말했다. 안타깝게도 내 곁엔 그 습한 내음만이 흐르고 있었다. 허한 곁을 지켜줄 사람이 없었다. 그 곁을 지켜보며 나는 침을 삼켰다.

만약 네가 그 겨울을 버텨냈다면 어땠을까. 이 봄과 꽃을 너에게 선물해줄 수 있었을까. 아니면 지금 이 순간조차도 너에겐 지옥이었을까.

또 뒤늦게 후회를 건네본다. 끝없이 나에게로, 또 하늘에게로 질문을 던져보다 생각에 잠겼다.

온통 너로 물든 꽃들은 익숙하게 아름다웠다.

\* \* \*

"오늘은 늦었네?"

"안 늦었어."

"저번보다는?"

"그땐 과하게 빨랐던 거고."

"그런가."

"…야 성민."

"응?"

내 주변에 이런 걸 물어볼 사람이 성민밖에 없었다.

"너… 상담 같은 거 받아본 적 있냐?"

주변 몇몇 애들이 듣고 있는 눈치였다.

"우리 복도 나가서 얘기할까?"

"그래."

민이를 뒤따라 복도로 나왔다. 그래도 학교 안인데 어딜 가나 사람이 있을 거라 생각했지만 전학 온 지 얼마나 됐다고 사람이 제일 없는 끝쪽 복도로 날 데려갔다.

"여긴 어떻게 아는 거야."

"그냥, 어쩌다 보니."

"아….'

"아무튼 무슨 상담 말하는 거야?"

"심리 상담."

"심리 상담에도 종류가 있잖아. 뭐, 센터? 아님 병원? 전화상담?"

"다 해봤어?"

"웬만한 건 다."

"뭐야."

"근데 갑자기 왜?"

"…아니야."

"그래."

성민은 내 눈을 좀 바라봤다. 나는 필사적으로 눈을 피해 창문 끝을 바라봤다.

"근데 추천 안 해."

예상외의 말에 나도 눈을 쳐다보게 되었다.

"왜?"

"그게…, 있어, 아무튼 대한민국은 아니야."

"그래."

"들어가자."

"너 먼저 들어가."

"왜?"

"오해받잖아."

"아니⋯, 아, 뭐, 그래."

민이는 귀찮은 듯 뒷머리를 긁으며 반으로 갔다. 나도 민이가 가고 얼마 안 가 따라 들어갔다.

"아 뭔 1교시부터 역사야~"

"존나 싫어."

"쌤은 좋잖아."

"쌤만 좋지, 진도도 개빠르고, 난 못 따라가겠어."

"얘들아, 시험기간이지?"

"아~~"

나도 까먹고 있던 말에 여기저기서 야유가 들렸다. 어디선가 깊은 한숨도 들렸다.

"너네 이제 2학년도 아니고 정신 잡아야 할 때니까, 실수하지 말고 잘 준비하자."

"네~"

짧은 조례와 함께 담임 선생님은 나가셨다.

1교시가 시작하기 전 잠깐 복도에 나가서 정아네 반으로 갔다. 상담에 대해 좀 물어보고 싶었다. 물론 정아는 내가 아직 윤서에게서 빠져나오지 못한 걸 모르기 때문에 나와 친구를 하고 있는 거겠지만, 아무래도 머릿속이 복잡해져서 말이야.

뒷문에서 정아와 눈이 마주쳤다.
정아가 뒤를 돌아서 자리에 앉았다.
아, 곧 수업 시작해서 그런가 보다. 나도 몸을 돌려 교실로 향했다.

* * *

어느 주말이었다. 엄마가 오늘 근처 병원을 예약해 뒀다면서 나를 데리고 나왔다. 엄마의 차 조수석은 어렸을 때만큼 기분 좋은 자리는 아니었다. 엄마조차도 날 정신병자 취급하는 상황에선 내가 아무리 반박해도 달라지는 건 없었다. 세상에서 누구보다 날 잘 알고 있다고 믿는 엄마였기에, 그저 체념할 수밖에.

병원에 도착하자 어떤 방으로 안내받았다. 학교에서 했던 거랑 비슷한 질문지를 받고, 채우고, 의사와 꽤 오랜 시간 상담을 한 후에, 진단서를 받았다.

병명은 예상했듯이 우울증이었다. 불면증도 있었다.

약 여러 개를 처방받았다. 수면유도제랑 항우울제 말고는 아는 단어가 없었다. 일시적으로 기분을 좋게 만들어 충동을 잠재워주는 약이라고 했다. 집으로 돌아와 밥을 먹으니, 엄마가 약을 먹였다. 기분이 안 좋을 때만 먹는 게 아니었나. 이렇게 주기적으로 먹는 거였나.

엄마가 입안에 넣어준 약을 삼키고, 방으로 들어가자마자 토해냈다.

나는 이런 거에 의존하고 싶지가 않다.

그다음 주 쉬는 시간, 화장실 세면대 앞에서 생각에 잠겨 있었다. 들어온 다른 여자애들은 수다를 떨거나 자기 얼굴을 확인하고 있었다. 나도 내 얼굴을 보는 척 그저 거울에 시선을 두며 손만 닦고 있을 때였다.

정아랑 선유가 화장실 문을 열고 들어왔다. 정아는 선유가 그렇게 싫다면서 언제 저렇게 친해졌나 생각하던 와중 선유랑 눈이 마주쳤다. 씻던 손으로 손을 흔들었다. 봤는지 못 봤는지 둘은 잠깐 멈추더니 다시 나갔다.

이번엔 날 위로할 변명도 없었다.

옆에서 들리는 웃음소리들이 날 비웃는 것처럼 들렸다. 그래서 괜히 고개를 돌려보니 그 중심에 신가연이 있었다.

그냥 기분이 나빠져 화장실을 나왔다.

자기가 그렇게나 싫어하던 애가 죽었으니 후련할까.


정아와 선유가 날 피하는 게 분명하게 느껴진다. 다른 애들은 그렇다 해도 그 둘만큼은 분명 가장 믿었었는데.

어찌 됐든 그 둘과 한번 얘기해 보기로 했다. 오늘 점심시간에 오랜만에 셋이 만나보기로 했다. 내 피해망상 같은 거일 수도 있으니, 둘은 날 알기 훨씬 전부터 친했으니까.

개학한 지 얼마나 됐다고 또 이런 일에 휘말리는 걸까.

그냥 나 좀 내버려두면 안 되는 걸까.


꽤 긴장했던 것과는 달리 점심시간은 평소처럼 똑같게 찾아왔다. 다 다른 반이니, 사람이 잘 안 다니는 4층 복도 제일 끝에서 만나기로 했다. 점심시간을 알리는 종이 치고 나서도 나는 자리에서 일어날 수 없었다. 혹시 내가 정말 무언갈 잘못한 게 아닐까 하고. 무서운 마음이었는지 떨리는 마음이었는지 모를 심장소리가 머리까지 울리는 느낌이었다. 그래도 결국엔 자리에서 일어나 복도로 향했다.


"왜 불렀어?"

"좀 궁금한 게 있어서."

"뭔데?"

처음에는 왜 날 피하냐고 물어볼 생각이었다. 막상 얼굴을 보니 그런 말은 생각조차 나지 않았다. "너네가 날 따 시키고 있는거야?"라고 물어보는 것만 같아서.

"혹시 내가 너네한테 뭐 잘못했어?"

"수아 네가? 아니?"

"근데 너네가 좀 나를 피하는 거 같아서…."

"아."

정아가 잘 말을 이어나가다 입을 닫았다. 둘은 서로 곁눈질을 하며 눈치만 보고 있었다.

선유가 먼저 입을 열었다.

"그게…."

* * *

내가 정신병자 같다는 소리를 들었다. 그것도 매일 같이 다니는 친구들에게. 그래도 걔네가 말해준 걸 보니, 나랑 완전히 멀어질 생각은 아닌 것 같긴 했지만 그래도 그 말 자체가 나에겐 충격적이었다. 누군가가 애들한테 내가 병신이라는 식으로 말하고 다니는 것 같다. 그 말을 듣고도 딱히 변명할 수 없음에 좌절했다. 내가 봐도 지금의 나는 정상인 것처럼 보이지 않는다. 그렇다고 나를 욕한 게 정당화되진 않겠지만, 비난하고 싶지 않은 것뿐이다.

선유가 말한 누군가가 누구인지 가늠이 가지는 않는다.

그런데도 '정신병자'라는 그 한마디가 머리에 꽂혀 가시질 않았다.

며칠 동안은 학교에 가만히 앉아만 있어도 시선이 느껴지는 기분이었다. 막상 날 쳐다보는 사람은 아무도 없었지만 숨이 막혔다. 그런 말을 들어서일까. 이런 반응이 정상적이지 않다는 걸 알면서도 내 마음은 생각대로 움직여 주지 않았다.


그날도 교실 안에서의 갑갑함에 복도로 뛰쳐나왔었다. 아무 생각 없이 복도를 지나고 있었는데, 익숙한 단어가 귀에 꽂혔다. 일상적인 대화에서 듣기엔 아무래도 생소한 단어라 뒤를 돌았고,

또 그 중심엔 신가연이 있었다.

내가 잘못 들은 건 아니었다. 분명히 내 이름이 들렸고, 좋은 내용은 아니었다. 잠깐이었지만 그 정돈 알 수 있었다.

못 들은 척 지나갈 수도 있는 일이었지만. 지금이 아니면 따질 기회가 없을 것 같은 마음에 머리보다 먼저 몸이 신가연을 향해 걷고 있었다.

"너였냐?"

"뭐가?"

"정아랑 선유한테, 니가 그 지랄로 말했냐고."

"무서워라. 얘 말하는 거 좀 봐."

"너 맞구나?"

신가연은 날 내려다보며 웃긴다는 듯이 웃음을 참았다.

"야, 니가 정병인 걸 탓해야지 날 탓하면 어떡해?"

신가연 주변 애들이 나를 보며 웃음을 삼켰다.

"어디부터 네가 한 거야."

"내가 뭘 했다고 그래. 뭔 얘기하는지 모르겠는데?"

"개쌍년이."

저 짜증 나는 얼굴이 한 번이라도 일그러졌으면 좋겠다고 진심으로 생각했다. 진짜 한 대라도 쳐볼까 싶어 손을 올렸다. 그러자 커다란 손이 내 손목을 힘껏 잡아 날 막아섰다.

"…놔."

"이거 너한테 좋은 일 아니야."

"내가 뒤져도 이년 죽이고 간다."

"정신 차려."

성민은 내 손목을 놓을 생각이 없었다.

"민아, 이런 정신병자 뭐 좋다고 싸고돌아."

신가연이 나를 조롱하듯 말하자 내 뒤에 있던 성민은 한

숨을 쉬곤 말했다.

"여기서 너보다 한심한 애 없다."

그 말을 끝으로, 잡은 손 그대로 나를 끌었다.

성민이 짜증 나는 어투로 말했다.

"너 진짜 어쩌자고 막 나가냐."

"네가 지금 내 손 잡고 있는 건 막 나가는 거 아니고?"

"이게 손이냐 손목이지."

내가 지금껏 본 성민의 모습 중에 가장 진지해 보여서, 미운 말도 꺼내기 애매했다.

"어디 가는 건데."

"옥상."

"잠겨 있잖아."

"너 열쇠 있잖아."

"…그걸 네가 어떻게 알아."

"봤거든, 가는 거."

"소름 돋아."

"그렇게 말해도 뭐…"

옥상에 올라가는 건 아직 나에게 많이 무서운 일인데, 아무것도 모르는 애라면 생각 없이 데려갈 수도 있는 건가.

누군가와 함께 옥상에 올라온 건 윤서 이후로 처음 있는 일이었다. 매일 혼자서 울고만 내려갔던 공간에 나 외의 사람이 생겼다.

"왜 그러는데. 신가연이랑 뭔 일 있었어?"

"걔랑 알아?"

"사촌이야. 내가 전화번호도 줬잖아. 왜 연락 안 했는데."

"우리가 그 정도로 친한 사이는 아니잖아."

"날 왜 피하는 거야? 그냥 친구 하자는 게 그렇게 어려워?"

"어, 못 하겠어. 유선유도 이정아도 나 피하기 바쁘잖아, 단짝은 죽었고 이주현은 황윤서가 죽은 지도 몰라."

"이주현은 또 누군데."

"네가 알 바 아니라고."

성민은 한숨을 쉬고는 나를 쳐다봤다.

"네가 지금 혼자 버틸 수 있을 정도야? 내 도움 정말 하나도 필요 없고 방해만 되는 거면 나도 너한테 더 신경 안 쓸게."

"…"

어쩌 내 편을 한 번 더 잃는다는 느낌이 들었다. 우습지만 그건 무서웠던 것 같았다. 내 손으로 성민을 잡아야 하는 건가, 날 떠나지 말라고 말해야 하는 건가.

나는 지금 내 편이 돼줄 사람이 그렇게 간절히 필요하던가.

"방해되는 건 아닌데."

겨우 나온 말이 그거였다.

"그럼 뭔데. 맨날 꺼지라고만 하고."

"아니 꺼지라곤 안…"

눈이 마주쳤다. 그러자 싱긋 웃었다.

"나 필요하지? 네 편 해줄 수 있어."

애는 왜 내가 뭘 바라는지 이렇게 잘 알고 있는 걸까.

"알아서 해."

다정한 말은 나오지 않았다. 어째 괴리감이 들었다. 예쁜 추억을 만들기엔 아직 행복하면 안 될 거 같았다. 쳇값 같은 느낌이라서. 이상하잖아.

"왜 나한테 이렇게 친절한 거야."

"동질감."

"이상한 새끼."

"나도 알아."

어쩐지 애는 언제까지고 내 편일 것 같은 느낌이 들었다.

＊ ＊ ＊

[진짜 미안해 수아야. 나는 너 이해하는데, 정아는 아직 그게 좀 어렵나 봐. 내가 다시 연락할게]

선유에게서 온 문자였다. 1시간 전에 온 그 문자의 미리보기를 봤을 땐 신가연의 말을 믿어버린 것에 대한 사과일 줄 알았다.

정아는 선유가 우울증처럼 행동해도 끝까지 친구로 남아 있어 줬으면서 나한테는 그게 어려운 걸까. 아니면 선유의 그런 행동들이 이해가 안 가 나한테 뒷담을 깠더니, 나도 똑같은 인간이라 실망해버린 걸까.

뭐가 됐든 여기서 내가 더 할 수 있는 일은 아무것도 없었다. 내가 뭘 하든 사람들의 뇌에 꽂힌 부정적인 인식은 사라지질 않았다. 사람 뇌는 부정을 인식 못 한다고, '유수아가 사실은 정신병이래.'가 '유수아가 사실 정신병이 아니래.' 보다 더 강렬히 인식되는 건 당연한 게 아닐까.

이런 거에 흔들리진 말아야지, 생각했다.

그래도 그 굳은 다짐이 무색하게 우울해져 버린 밤이 있었다. 침대 가장자리에 숨어 한참을 훌쩍였다. 내가 그 밤에 그렇게 울었던 것은, 어둠이 이렇게 하찮고 한심한 내 모습을 가려주면 좋겠어서 그랬던가. 힘든 일들이 연달아서 떠오르는 밤이 있다. 우울함에 잠식당해 일어나고 싶지 않은 날이 있다.

이불에 몸을 파묻었다. 머리끝까지 올리니, 내 숨이 나에게 불어와 숨이 차기도, 너무 더워 땀이 날 듯도 했다.

이대로 질식해 버리면 좋겠다는 생각에 내 손으로 내 목을 졸랐다. 머리에 피가 쏠리는 느낌이 처음엔 괴로워서 침이 흘렀다가, 후엔 나쁘지 않다고 생각했다. 힘을 더 주니 발이 멋대로 움직이고, 눈알이 멋대로 굴러갔다.

나는 손을 놓고 힘겨운 숨을 몰았다. 땀이 났다. 식은땀이었는지 더워서 난 땀이었는지 모를 액체가 이마를 타고 내렸다.

왜까. 나는 죽는 게 두렵지 않은데.

정말 하나도 두렵지 않다 생각했는데.

또 다른 액체가 눈을 타고 흘렀다. 죽고 싶단 생각조차도 경솔해지는 건가. 이런 내가 미칠 듯이 싫다.

\* \* \*

"엄마 있잖아. 애들이 날 너무 싫어해."

"네가 뭘 잘못했겠지. 빨리 사과하고 끝내."

"잘못한 게 없어."

"근데 애들이 널 왜 싫어해?"

"그냥 내가 싫어할만한 사람인가 봐."

"네가 아무것도 안 했는데 애들이 널 싫어할 리가 있어? 네가 애들한테 미움 살만한 짓을 한 건 아니고?"

"…그런 거 아니야."

"웬만하면 싸우지 말고 그냥 넘어가. 친구 몇 명 없다고 큰일 안 생겨."

더 이상 대화하고 싶지가 않았다. 그냥 방으로 들어와 일기장을 폈다.

나에 대한 혐오가 심해졌다. 내가 하는 행동마다 마음에 드는
건 없고, 거울에 비친 내 모습이 혐오스러울 지경이었다. 마음
같아선 깨부수고 싶을 정도다. 겨우 감정에 휘둘리고 싶지는 않
았는데, 그러고 있는 내가 한심하다. 왜 이 정도밖에 안 될까. 나
는 과연 그 온갖 핑계를 대며 사랑받을 가치가 있는 사람인가?
내가 좋다며 다가오는 사람들은 사실 가식이 아닐까. 모두 날
갉아먹는 의문인 걸 알면서도 끝없이 머리에 맴돈다. 어쩌면 망
상이고, 어쩌면 단순한 예상이지만 내 인생이 언제쯤 불행에서
벗어날지 생각나지 않는다. 행복이 얼마나 쉽고도 어려운 개념
인지 뼈저리게 느끼게 해준다. 별로 바라는 게 없는 요즘이지만,
겨우 15살인 내 미래에 희망이란 단어가 껴도 되는 거 아닐까.

# 哀而不悲

## 애이불비

슬프지만 겉으로는 슬픔을 나타내지 아니함.

# 福 輕 乎 羽
## 복 경 호 우

"옥상 가자."

민이가 내 책상에 올라와 앉았다.

"너랑?"

"응."

"점심은 어쩌고."

"안 먹지, 뭐."

"그래."

그냥 점심을 안 먹어도 된다는 말에 끌렸다.

아직도 이렇게 중앙계단을 하나하나 올라갈 땐 기분이
이상하다. 그런 거까진 신경 쓰고 싶지 않지만 어쩔 수 없어
숨이 가빠오는 날도 있다. 그런데 오늘은 전혀 그러지가 않
았다. 혼자가 아니어서 그런가.

먼저 앞장서던 성민이 옥상문 앞에 오자 문을 열라는 듯이 내 뒤로 빠졌다. 어이없었지만 주머니에서 열쇠를 꺼냈다.


"역시 좋네."

나한텐 그리 좋은 장소가 아니었다. 얘는 뭐가 그리 좋은지, 부는 바람을 그대로 맞으며 서 있다가 옥상 중앙에 앉았다.

"뭐해? 앉아. 서 있을 거야?"

"아니."

나도 그 옆에 가서 앉을까 하다 조금 떨어져 앉았다.

"얘기 좀 해보자. 궁금한 게 많아서."

"나에 대한 건 다른 애들한테 다 들은 거 아니었나."

"내가 남의 말만 듣고 널 판단하면 좋겠어?"

"너도 남이잖아."

"다른 남들이 그러면 속상할 거면서."

"알아서 판단하라 해."

"그냥 너 얘기 조금만 해줘. 애들이 오해하고 있는 거나, 모를만한 거."

"나 정신병 맞아."

"너 우울증이야?"

"그렇다 하겠지."

"아직은 아닌거네, 그럼. 나도 정상인, 너도 정상인."

"너는 우울증일 줄 알았는데."

"증상은 비슷한데, 진단은 안 받았어."

얘가 정말 나랑 비슷한 상황이라는 건 알 수 있었다. 내가 마음을 함부로 열어도 괜찮을까. 아주 조금은 말해줘도 되지 않을까.

"나 이번 크리스마스에 죽을 거야."

"친구가 죽어서 따라 죽는 거야?"

"말을 왜 그렇게 해."

"아니면 뭔데?"

"난 원래 죽고 싶었어. 윤서가 죽기 전부터 자해하고 죽고 싶어 하고 다 했어."

"그럼 계기는 황윤서가 아닌거네?"

"계기라고 부르면 이상하긴 한데…, 윤서가 죽은 날부턴 그냥 사람 목숨이 많이 가볍구나. 죽는 것도 그 용기를 내는 것도 정말 한순간뿐이구나 싶어서."

"죽는 게 안 무서워졌다는 말이야?"

"비슷해."

"미친년."

"와…, 말 존나 심해."

"누군 죽는 거 무서워서 상상도 못 하는데."

"니가 죽고 싶다고?"

"응."

"기만질."

성민은 누가 봐도 호감을 가질만한 외모였다. 지금까지 인생 편하게만 잘 살았을 텐데, 어떤 말도 안 되는 불만일까.

"나도 힘든데."

"잘생긴 것도 힘들어, 뭐 이런 건가."

나는 그 말을 하며 킥킥 웃었다.

"…너 웃는 거 처음 봐."

"너 앞에서만 안 웃은 거야."

"그런 거구나. 그래서 크리스마스까지는 며칠 남았어?"

"198일."

"얼마 안 남았네."

"너무 많이 남았던데."

"너 살날인데? 시한부잖아."

"그렇게 말하면 그런거고…."

"죽기 전에 하고 싶은 건 있을 거 아니야."

"그런 거 생각해본 적 없는데."

"지금 한번 생각해봐. 그건 다 해보고 죽자."

왜 나보다도 더 아무렇지 않게 말하는 걸까. 오히려 남의 목숨이라 가벼운 건가?

"왜 그렇게 쉽게 말해?"

"내가 죽지 말라고 하면 안 죽을 거야?"

"아니."

"그럼 내가 뭐하러 너한테 빌겠어. 널 친구로 남기고 싶은 건 맞지만 결국 우린 남이고, 너가 살아줬으면 하는 건 맞지만 널 살리겠다 하는 건 오만한 거잖아."

"그치."

"그니까 너도 눈치 못 채는 새에 살고 싶게 해줄게."

"내가 너 때문에 살게 된다는 거야?"

"나 때문은 아니지. 나 때문에 살면 내가 없을 때 죽어버릴지 어떻게 알아."

"그럼 어떻게?"

"알게 될 거야. 아무도 안 시켜도 살게 될 거야."

이상하게 모든 말에 확신이 서려 있던 성민의 말은, 대충 들으면 그저 허황된 말이었지만 어딘가에 믿음이 있었다.

듣는 나조차도 무시하고 넘어갈 수 없는 그런, 그런 말투에 그런 눈빛이었다.

"그런 날은 안 올 거야."

처음으로 나의 비밀을 누군가에게 말한 날이었다. 그 누군가는 가족도 절친한 친구도 아닌, 만난 지 몇 주밖에 안 된 남자애였다.

애매한 믿음을 가져버린 걸지도 모르겠다.

\* \* \*

끔찍하게 죽고 싶은 여름이었다. 숨을 쉬는 것조차 힘들고 고개를 드는 것도 뭔가 큰 잘못처럼 느껴져 고개를 떨군 채 흐느꼈다. 누군가 이 고통을 끝내줬으면. 끝날 것 같지가 않은 이 우울을 끊어줬으면. 간절히 바라고 또 바랐다.

방의 모든 문과 창문을 닫았다. 그리고 향초를 여러 개 피웠다. 불을 껐지만 불들이 환했다. 어쩌면 날 죽음으로 이끌어줄 불이어서 그랬나, 기분 탓인지 모르겠지만 평소보다 더 예뻐 보였다. 방 모서리 서랍 두 번째 칸에 숨겨두었던 수면유도제 한 알을 먹었다. 아니, 무언가 아쉬운 거 같아 두 알을 먹었다. 정작 잠이 오지 않을 때는 한 번도 먹지 않고, 자살시도용으로 먹고 있었다. 괜찮을까 싶으면서도 오히려 좋을 거 같다고 생각했다. 그리고 둘러져 있는 향초 속에서 엎드렸다. 하늘 위로 연기가 조금씩, 더 선명하게 올라갔다. 그걸 보며 웃었다. 꽤 씁쓸한 웃음이었을 거다. 약효가 돌 때까지 유언장을 써보기도 했다. 아무 노트나 뜯어 펜을 들었다. 막상 쓰려 하니 쓸 말은 너무 많고 잡히는 말은 하나도 없었다. 하고 싶은 말을 다 쓰기엔 밤을 새워도 부족했다. 그래서 요약하고 또 요약해 남겼다.

---

안녕. 이걸 볼 때쯤이면 내가 이 세상에 없길 바래. 모두가 내 시체 앞에서 울길 바래. 후회하고 또 후회하고 슬퍼해줘. 그리고 잊어줘. 모두의 머릿속에 내가 없길 바래. 겨우 나 때문에 힘들지 말아줘. 엄마 사랑해. 이 세상에서 제일 사랑해. 끝까지 너무나 불효녀여서 미안해. 엄마의 기대만큼 좋은 딸이 아니어서 너무너무 미안해. 근데 나 못 버티겠어. 하루도 빠짐없이 슬프고 죽고 싶고 우울한 세상 속에서 살아가는 건 여간 힘든 일이 아니더라. 모두한테 푸른 하늘이 나한테만 회색이더라고. 내가 너무너무 미워했지만 보고 싶은 윤서라는 애가 있는데, 이제 그 애를 좀 보러 가려고. 아빠도 미안, 내가 이런 상탠 줄은 몰랐을 텐데 이렇게 가버려서. 주현이한텐 아직도 많이 미안하고 고마워. 이 글을 먼저 간 윤서가 읽게 된다면 너 때문은 아니라고 말해주고 싶네. 그냥 난 원래 가야 할 곳을 간 거라고. 아마 너도 그렇게 생각했겠지? 충분히 지옥 같았던 세상이었고 넌 잠깐의 빛이었으니까. 빛이 사라져 너무 어두운 거뿐이니까. 성민한테도 미안해. 기껏 살리려 했는데. 너무너무 저주하던 신가연도 그래도 고마웠던 정아랑 선유도. 그리고 겨우 이

런 삶을 살게 한 유수아한테 제일 미안해.


차차 머리가 어지럽고 숨이 막혀왔다. 처음 향을 피운 지 1시간 정도 지나 있었다. 언제 이렇게 시간이 지난 건지도 잘 모르겠다. 조금만 쓰려 했는데 적어내다 보니 내가 예상한 것보다 많았다. 그래도 덕분에 머리가 아파오는 것이 약효인지 향초 때문인지도 제대로 느끼지 못했다. 죽음의 문턱에 가까워졌을 땐 벗어날 수 있을 거 같아 행복했다. 그런데 한편으론 먹먹했다.

내일 하루 정도는 더 살 수 있지 않을까.

지금 날 걱정하는 사람이 아무도 없을까.

이렇게 허무하게 집에서 죽어버릴 거면 왜 디데이 같은 걸 만들었을까. 디데이까진 살아남아야 하는데.

향초 하나를 불어 껐다. 어째선지 살아야겠다는 생각이 들었다. 나머지 향초들도 전부 껐다.

애써 쓴 한 장짜리 유언장은 버렸다.

크리스마스에 죽을 거니까 그때까지만 최선으로 살자.

이미 먹먹한 숨을 쉬고 있었다. 창문을 열었다.

이미 먹은 약이 날 잠으로 이끌었다. 또 허무하게 잠들어서 죽지 못했다.

이 정도면 살고 싶은 내 변명 아닐까.

헛웃음을 쳤다.

\* \* \*

학교에 가면 내가 저주하는 사람들과 나를 저주하는 사람들로 가득했다. 자기들끼리는 서로 미워하는 마음 없이 행복하게만 살면서, 왜 다들 나한테만 이렇게 매정한지. 억울했지만 아무렇지 않고 싶었다. 아무렇지 않은 것도 쉬운 일은 아니었다. 세상일에 쉬운 게 하나도 없었다. 그냥 아무 생각 없이 쉬고 싶은 게 다인 내 소망을 죽어서야만 이룰 수 있는 건가. 행복해지면 안 되는데, 행복해지고 싶다.

D-158

내가 버틸 수 있을까. 저 날에 내가 죽기 전에 내가 먼저 죽어버리는 건 아닐까. 어제처럼. 집에 있는 향초를 전부 버려야 하나. 그나마 나의 안식 같은 거였는데 그렇게 버려야 하는 건가.

"야 옥상 갈래?"

"그러다 애들 있는 데서 말하겠다?"

"우리 둘이 점심시간마다 사라지는 건 이미 다 아는 거고. 소문 신경 쓰이면 한동안 말 걸지 말까?"

"아니 상관없어."

솔직히 마음에 걸리지 않은 것은 아니지만 고작 소문 때문에 이제 하나 남은 친구를 잃을 수가 없었다. 얘는 날 좋아하고 있으니까. 이성으로든 친구로든.

다시 옥상이었다. 쨍한 여름의 시작이다.

"이제 올라오기도 덥겠다."

내가 투덜거리며 말했다.

"그러게 금방 더워지네. 바닥도 뜨거워서 못 앉겠는데?"

"너는 뭐가 그렇게 매일 웃기냐."

"웃으면 좋잖아."

"보기는 좋아."

"아무 얘기나 해줘."

"음…."

"혹시 윤서 얘기 해줄 생각은 없어?"

"어떻게 고인 얘기를 그렇게 막 하냐."

"내가 실례한 건가?"

"그런 거까진 아니고…, 윤서랑 8년 동안 친구였어."

"헐 8년?"

"뭘 말해야 되지. 걔가 부모님이 돌아가셔서 할머니랑 둘이 살았어. 나 사림초 다녔는데, 우리 동네로 이사 왔지."

"이사는 왜 왔대."

"그때 즈음에 뉴스 나오고 난리도 아니었거든. 윤서 부모님이 크리스마스에 윤서 데리고 동반자살 하려던 거라…."

"뭐? 미쳤네. 영화 설정 같다."

"나랑 집 가까워서 친하게 지냈지. 바다도 한번 같이 간 적 있는 거 같다, 초등학생 때. 평소에 힘든 티 잘 안 내는 애였는데 어느 날 크리스마스에 죽어버린 거지 개가. 나를 불러서."

"너를 부른 거야? 옥상으로?"

"옥상사진을 찍어 보냈어."

"왜 그랬대…."

"잘 모르겠네. 작년 초엔 이주현이랑 윤서랑 셋이 다니고, 작년 말엔 이정아랑 유선유랑 넷이 다녔는데…."

"이주현은 어쩌고?"

"전학 갔어."

"그래서 윤서 죽은 걸 모르는 거야?"

"그걸 너가 어떻게 알아?"

"너 신가연 때문에 정신 나갔을 때 중얼거렸어."

"내가 그랬어?"

어렴풋이 그랬던 것 같기도 했다.

"완전 진상이었네."

"그럴 거까지야, 그래서? 갑자기 이정아랑 유선유가 널 왜 피하는 건데?"

"신가연이 내가 정신병자라는 식으로 소문을 내서 정아랑 선유가 그걸 들은 거 같아. 선유는 원래 좀 패션 우울증이라 그러려니 했는데 정아가 맨날 나한테 선유 뒷담 깠거든."

"그 패션 우울증 때문에?"

"응. 근데 나도 똑같다니까 당황해서 같이 못 다니는 거지."

"못 다닐 거까진 뭐야. 그러면서 유선유랑은 잘 다니고?"

"어."

"어이없다."

"그럴 수도 있지."

"근데 이주현은? 너가 알려줄 생각은 안 했어?"

"걔 언니가 자사고 다니다 가출해 버려서 갑자기 대치동으로 이사 간 거라."

"뭔 상관이야."

"학업 때문에 이사 보내고 사람 죽은 것도 안 알려주는 부몬데, 내가 뭐라고 방해해."

"그러다 걔 귀에 들어가면 너한테 배신감 장난 아니게 들텐데."

"알 경로가 없지, 뭐."

"나 같으면 불안할 거 같은데."

"전화할 때마다 불안해서 미칠 거 같긴 해."

"넌 왜 그런 말을 하면서 웃냐."

"뭐 어때."

"너 주변엔 너한테 도움 되는 사람이 별로 없구나."

"그러게."

"나도 많이 다를 게 없어서 함부로 연민은 못 해주겠다."

"그런 거 바란 적 없거든?"

"좋네. 그 자세로 살아. 너네들의 동정 따위는 필요 없다."

"그거 되게 주변 사람들 하등하게 대하는 말인 거 알지."

"머릿속으로만 생각하면 되지."

"그렇네."

얘기를 하다 보니 나도 어느새 자연스레 웃고 있었다. 이렇게 웃은 건 또 오랜만이라 입꼬리가 마음껏 올라가진 않았다. 소리 내 웃는 것도 아니었다. 그냥 기분이 나쁘지 않았다.

하지만 말할수록 내 처지가 비참해지는 건 어쩔 수 없는 일인 것 같았다. 한 번도 내 입으로 내 상황을 설명해본 적도 없고, 더군다나 정리해본 적도 없으니.

＊ ＊ ＊

모두에게 사랑받고 싶다던 나는 어느새 모두에게 미움받고 있었다. 그게 너무 서러웠다. 날 좋아해줄 사람은 없는 걸까. 신한테마저 버림받은 것 같았다. 방에서 나왔다.

설거지를 하고 있는 엄마의 뒷모습이 보였다.

"도울까?"

"아니~ 괜찮아."

"엄마."

"응?"

"엄마는 날 사랑해?"

괜시리 물어봤다. 엄마는 뭐 그리 당연한 걸 묻냐는 듯이 슬쩍 웃었다. 떨리는 손으로 엄마의 옷자락을 잡곤 고개를 떨궈 말했다.

"왜 아무 말도 안 해…? 사랑하냐고."

"어머 왜 이래? 당연히 사랑하지."

"아빠는? 아빠는 나 사랑해?"

"당연하지, 부모가 자식을 사랑하는 건 당연한 거야."

그제서야 올려본 엄마의 얼굴은 차분해 보였다. 그 흔들리는 동공에 비친 내 얼굴은 일그러져 있어, 보고 싶지 않았다.

'난 왜 아무도 사랑해주질 않아…?'

말이 목 끝까지 넘치려 하는 걸 삼켜냈다. 사랑을 느낄 수가 없었다. 그 어느 곳에서도. 분명 날 사랑한다던 엄마의 목소리와 품속에선 온기를 느낄 수가 없었다.

"난 진짜 나쁜 년이야 엄마…."

"얘가 갑자기 왜 이럴까⋯. 우리 수아만큼 착한 딸이 어딨 다고."

엄마와 눈높이가 비슷해져 버린 나는 아직도 엄마의 발 언저리에서 다리를 붙잡고 울고 싶은 심정이었다.

그저 엄마가 내 세상의 전부일 때처럼 기대서 울고 싶다.


나는 늘 누군가에게 의지하고 싶어 했다. 친구나, 부모님이 나, 어떤 시간, 계절에게. 늘 의지하던 존재가 사라지면 난 무 너질까, 다른 존재를 찾게 될까, 너를 계절이라 약속하고 의 존해도 대답해주는 이는 추운 바람이었다. 이왕이면 꽃피는 계절에, 가장 따뜻하고 싱그러운 계절에 의존하고 싶은데, 내 처지 같기도, 억울하기도 한데, 불만을 가지기엔 운명 같고 응보 같고, 오늘도 뭔가 그런 날이었다. 소파에 누워서 머리 카락이 엉망인 채로, 숨만 힘들게 내쉬고, 울고 싶어 애썼다.

어딘가에 다 쓴 마음은 더 생길 줄을 모르고 비어 있고, 가슴이 아파도 아프기만 했다. 마음 깊이 슬퍼도 슬프기만 했다. 눈물은 나올 줄을 몰랐다.

힘든 일만 있던 날엔, 꼭 네가 다가와 내 잘못이 아니라 고 어설프게 토닥여줄 것만 같아서 서럽다. 그런 상상으로 가슴을 위로해도 위로가 아니었고 결국 이 넓은 집에 나 혼 자 궁상맞게 이러고 있었다.

"보고 싶어."

보고 있나, 듣고 있으면 나 좀 안아줘, 날 통과하고 닿지
못해도 듣고 있다면 그 따뜻한 영원으로라도 안아줘.

그럼 난 살 용기를 찾을텐데.

너는 지금 날 안고 있어?

나는

살아도 되는 거야?

## 8월 17일

다른 건 다 모르겠어요. 죽게 해주세요. 나 진짜 열심히 버티면
서 살고 있잖아요. 이젠 좀 놔주면 좋겠어. 죽어도 된다고, 죽기
직전까지만 손잡아 주겠다고, 따뜻하게 안아주겠다고 말해줘
요. 제발 어떤 고통이든 괜찮은데, 얼마나 아프게 죽든 상관없
으니 이제 그냥 쉬어도 된다 죽어도 된다 말해줘. 이거밖에 안
되는 인간이 나라는 건 받아들이질 못하겠어. 내 행복을 바라
는 사람들은 죽는 게 내 최선의 행복이란 걸 알까. 보고 싶다 윤
서야.

며칠 후부턴 긴 시간을 기다린 비가 울분을 토하기라도

하듯 끊이지도 않고 내렸다. 혹시나 하는 마음에 일기예보를 찾아보는 것도 하루 이틀이지, 그 후부턴 보지 않고 자연스레 우산을 챙겨나갔다.

장마다.

"다녀오겠습니다."

* * *

"오늘도 옥상 못 가겠다."

"그러게, 장소를 못 찾겠네."

민이가 짜증난다는 듯이 입술을 삐죽였다.

"음…. 아니면 그냥 옥상 갈래?"

"물 차 있는 거 아니야?"

"그 정돈 아니겠지."

"그래, 그럼."

비를 좀 맞고 싶은 마음도 있어서 그냥 옥상으로 향했다.

옥상문을 따자 적당히 선선한 비가 내려왔다. 이 정도 가랑비면 맞아도 나쁠 것 없겠다고 생각했다. 나야 상관없지만, 그래도 혹시나 하는 마음에 물어봤다.

"너 혹시 감기 잘 걸려?"

"조금? 근데 괜찮아."

"그래도 추우면 말해."

장마지만 굵은 빗방울은 없었다. 비를 맞고 있는 우리를 보더니 성민이 웃으며 말했다.

"우리 되게 청춘드라마 찍는 거 같다."

"드라마라니. 너한테만 해당되는 얘기 아니야?"

"이렇게 칭찬을 한다고? 나 좋아해?"

"좋까."

"입은 험해."

나란히 서서 하늘을 바라봤다. 넓지만 어딘가 막힌 느낌이 갑갑했다. 왜인지 비가 오는 날은 많이 처진다.

"청춘이라는 단어가 너무 예쁘지 않아? 푸른 봄."

"봄이 왜 푸른데."

"유수아 짜증나."

청춘.

청춘은 파란 봄 같은 것이 아니다. 나에겐 검붉은 날들로 기억될 것이다. 내 청춘은 차라리 보이지 않기를.

"뭔 생각해."

"죽고 싶다는 생각."

"지금 뛰어내릴 거야?"

"그럴 거라고 하면?"

"내가 잡을 거야."

"언제는 내 의지로 살고 싶게 하겠다며. 너가 잡으면 너 의지로 나를 멋대로 살려두는 거잖아."

"일단 지금은, 살리는 게 먼저잖아."

"지금 안 죽어."

"그럼 다행이고."

나는 죽을 때라도 반짝반짝 예쁜 날 죽고 싶거든. 내 마지막에 그 정도 추억은 있어도 되는 거잖아.

\* \* \*

"다녀왔습니다."

"수아 왔어?"

"뭐야 와 있었어?"

"일이 빨리 끝났지~ 밥 아직 안 먹었지? 줄까?"

"괜찮아 먹고 왔어."

"집밥 먹지 왜 먹고 왔어."

"친구가 같이 먹자 해서."

"알았어, 손부터 씻어."

"네~"

저녁이나 점심이나 전부 먹진 않았지만 또 엄마한테 거짓말을 해버렸다. 요즘엔 식욕이 전혀 없다. 사실 대부분의 일에 무기력해진 것 같다. 배고프다는 느낌도 잠깐씩 들다 사라지는 게 대부분이라 안 먹어도 그리 신경 쓰이지 않았다.

슬픈 일들은 잠잠해진 게 분명한데, 내 마음은 사건이 휘몰아칠 때보다 잔잔할 때 더 아파왔다. 내가 행복해도 되는지에 대한 의문이 끝없이 든다.

* * *

맑은 아침, 여름방학식이었다. 여느 애들과 다름없이 한동안 학교에 나오지 않아도 된다는 설렘이 나를 일찍 깨웠다. 평소보다 들뜬 채로 일찍 등교했다. 복도 중간쯤에서 사람들이 몰려 있었다. 이른 시간치고 소란스러운 풍경에 인파로 들어갔다.

"민아 천천히…!"

성민이었다. 늘 웃고 있던 눈꼬리가 풀려 있고, 뒤집힐 것만 같은 눈동자와, 눈물인지 침인지 알 수도 없는 액체로 뒤덮인 볼, 친구의 옷자락을 잡으며 숨을 간신히 내뱉는, 아니숨을 쉰다고 표현해도 괜찮을지 모르겠는 모습으로 쓰러질 것만 같았다.

'지금 구경만 하는 상황이야? 도와줄 사람이 없어?'

속으로만 외쳤다. 결국 나에게는 이 인파를 뚫고 도울 수 있겠다는 생각은 사치였다. 사람은 조금씩 모였다.

"약…. 가방 앞주머니."

성민이 힘겹게 내뱉은 말에 가장 가까이 있던 친구 한 명이 반으로 뛰어들어가 어떤 작은 약을 가져왔다. 그걸 겨우겨우 삼키는 성민을 한 선생님이 교무실로 끌고 들어가 아이들은 흩어졌다. 하지만 나만 모두가 흩어진 그 자리에 서 멍하니 있을 수밖에 없었다. 사람이 저렇게까지 고통스러워 할 수 있는 거였나. 그렇게 1분 정도 후에야 발걸음을 뗄 수 있었다.


"수아야."

1교시가 끝난 쉬는 시간, 뒤에서 나를 불러세우는 정아의 목소리에 뒤돌았다.

"미안해."

"뭐가 미안해."

"다른 애들 말만 듣고 너 판단한 거. 내가 이러면 다른 애들이랑 다를 게 하나도 없는 건데, 그걸 알면서도…."

"됐어, 괜찮아."

"용서…해주는 거야?"

"응."

딱히 용서해주고 싶은 마음은 아니었다. 그래도 영영 안 볼 생각도 아니었다. 이럴 땐 받아주는 게 안전한 거라고 누가 그랬던 것 같다. 엄마였나…?

"방학 잘 보내. 개학하고 보자."

"그래, 연락해."

푸른 여름이 온 걸 실감하지도 못한 새에 여름방학이 찾아왔다. 다시 학교에 나오지 않는 시간 동안 내가 생각이 너무 많아지면 어떡하지.

한 달 동안 안 올 학교라고 생각하니 기분이 또 마냥 좋지만은 않았다. 발이 옥상을 향했다. 혹시 성민이 있을까.

"왜 와 있어?"

당연하다는 듯이 있었다. 성민은 햇빛에 눈을 찡그리며 되물었다.

"넌 왜 왔어."

"생각할 게 있어서."

"나도."

먼저 와 있던 민이 옆에 가서 섰다. 해가 그림자도 없이 머리 위로 쨍하게 비쳤다. 어쩐지 하늘은 더 푸르고 나뭇잎의 초록빛은 더 짙었다.

"방학 때 뭐 할 거야?"

"집에 있겠지."

"뻔한 걸 물었네."

"너는?"

"나도 집이나 학원."

"학원….."

"다닐 생각 없어?"

"응."

"힘든 거 있어?"

"윤서 생각나는 거…. 아 맞다, 아까 정아가 나한테 사과했어."

"뭐라고?"

"함부로 판단하고 말해서 미안하다고."

"받아줬어?"

"응."

"너는 그럴 거 같았어. 받기 싫었지."

"응."

"근데 왜 받아줘. 그냥 알은척하지 말라고 해버리지."

"날 이해해줄 친구가 얼마나 있겠어."

"걔는 널 이해한대?"

"그거까지는 모르지."

"전부터 궁금했는데, 윤서 생각이 들면 뭐가 제일 힘들어?"

"제일 힘든 건 죄책감."

"뭐에 죄책감이 드는 건데."

"나 때문에 그런 선택을 한 게 아닌가…, 내가 좀 더 빨리 눈치챘으면 살릴 수 있던 게 아닐까, 조금 더 빨리 뛰었으면 잡을 수 있지 않았을까. 마주쳤을 때 아무 말이라도 하면 흔들려서 살아주지 않았을까…, 하는 거."

"너가 옥상에 가자마자 떨어진 거라며. 그러면 그런 말할 틈도 없었을 거고, 너도 나름대로 열심히 뛰어간 걸 거고. 그 정도면 그날 죽으려고 엄청 단단히 마음을 먹은 건데, 살릴 수 있었을까?"

"중학교 2학년짜리가 마음을 단단히 먹어봤자 얼마나 단단히 먹는다고. 죽는 게 안 무서운 사람이 얼마나 있겠어. 흔들렸을 수 있었을 거야."

"네가 자책해도 달라질 건 없을 거 같은데, 이해는 하지만 이렇게까지 힘들어하진 않았으면 좋겠어. 이런 걸 그 애가 원하는 것도 아닐 거 같고."

"내가 죄책감에 힘들어하는 걸 원해서 그날 날 부른 거 아닐까? 봐봐, 작년에 윤서 따까지 시킨 신가연은 아무 죄책감 없이 잘만 살고 있잖아. 왜 나한텐 죽는 걸 보여줘서."

"네가 죄책감 가지길 바라서 널 불러낸 거 같아?"

"그냥…, 그렇다고밖에 생각을 못 하겠어."

"윤서란 애가 그렇게 널 미워하고 혐오했어? 평생 남을 트라우마를 심어줄 만큼? 그냥 살려달라고 한 거 아닐까."

"그러면 내가 가자마자 떨어지는 그런 건 어떻게 설명해."

"그건 내가 안 겪어봐서 모르겠어."

"…."

윤서가 떨어진 자리를 한없이 바라봤다. 그때의 공기가 아직도 살아 있듯이 느껴진다. 시리던 손발과 찢어질 듯한 폐와 자각도 못 하는데 흐르기만 하던 눈물이 아직도 생생하다.

그냥 이 모든 게 낮잠의 꿈이었으면 얼마나 좋았을까.

"너는? 뭐 안 힘들어?"

"너 아침에 있었어?"

"등교를 조금 빨리 했어."

"처음부터 본 거야?"

"아니 중간에 왔어. 애들은 무슨 그걸 구경하고 있어?"

"흥미로우니까…, 걱정되는데 할 수 있는 건 없으니까…."

"맞긴 한데…."

"걱정하지 마. 비상약은 챙겨 다니고 그리 자주 있는 일도 아니야."

"언젠가는 알려줘."

"언젠가는."

"나 바다 가고 싶어."

"가면 되지."

"같이 갈 사람이 없어."

"나 같이 가줄 수 있는데."

"너랑 단둘이?"

"난 상관없는데."

"뭐, 나도."


인생이 힘들어질 때마다 어떤 반짝거리고 알록달록한 기억들을 꺼내 봤다. 그런 반짝이고 아름다운 기억이 내 속에 있다는 것만으로 무언가 위로가 되고 벅차올랐다. 잠깐이나마 내 가슴속에, 또 내 눈과 머릿속에 색이 물들었다. 나의 기억 속 아마 가장 아름다운 기억은, 지는 해와 어느 하늘, 노을 물든 바다와 환하게 웃는 내가 사랑했던 누군가. 그때 그 누군가의 얇은 목소리와 철썩이던 파도 소리가 가장 그리웠다. 내 손을 잡던 작은 온기와 그날의 딱 적당하던 바람의 온도가 다음으로 그리웠다. 모든 기억은 그리울수록 빠르게 사라졌다. 누군가의 얇은 목소리는 이제 들을 수 없어 서럽고 희미하게도 남아 있지 않고, 어디선가 들은 파도 소리는 그때처럼 부드럽게 살랑이지도 못했다.

＊ ＊ ＊


무작정 떠난 여행길이었다. 엄마와도 타본 적 없는 KTX

를 남자애랑 단둘이 타고 가고 있었다.

"2시간은 가야 돼. 피곤하면 자."

"아, 그럴까. 너 잘 거야?"

"난 어제 많이 잤어."

"심심하면 깨워."

"응."

불편한 좌석과 마냥 편하지만은 않은 상황에 잘 수 있을 거라 생각하진 않았는데, 잠을 좀 설쳐서 그런지 금세 잠에 들어버렸다.


"야, 유수야. 다 왔어, 일어나."

잠깐 눈을 감았는데 들리는 민이의 목소리였다.

"어…? 중간에 깨우지."

"피곤해 보이길래."

"그런 건 또 어떻게 안대."

"그냥."

"바다다."

푸른 빛 물결들이 눈앞에서 닿을 듯 말 듯 살랑였다. 더불어 푸른 하늘은 그 수평선이 어디인지도 헷갈리게 만들어 주었다. 덮치듯 모래를 덮는 파도가 하얗게 살랑이고, 깊은 곳의 물결은 어둡게 아름다웠다. 내가 보고 싶던 모습 그대로였다. 끝없이 펼쳐진 길이 앞에 놓였다. 모든 게 예쁘게 내 앞에 있었다.

"긴팔 안 더워?"

"시원해."

"나밖에 없는데 반팔 입지."

"습관습관."

장마가 끝나고 부쩍 더워진 여름은 찌는듯한 무더위였지만, 파도와 함께 불어오는 바람은 지금이 한여름이었다는 것도 까먹게 만들었다.

"무슨 생각해?"

"세상이 너무 넓은 거 같다는 생각."

"좋아?"

"좋네. 내가 느끼던 것들이 아무것도 아니게 된 거 같아."

"다행이다."

"너는 좋아?"

"응, 좋아."

"뭘 생각했는데."

"너가 뭘 생각하고 있을까, 하는 생각."

"그게 뭐야."

내가 약간 웃어 보이자 민이도 말을 이었다.

"정말로."

"그거 말고는?"

"음…. 바다처럼 살고 싶다?"

"바다처럼?"

"응."

"뭔 의미야?"

"오는 것들은 받아들이고 보낼 것들은 흘려보내고. 모든 순간이 햇빛이 비쳐 아름다울 순 없겠지만 그래도 나를 비춰줄 땐 할 수 있을 만큼 반짝반짝 빛나보고. 태풍이 오면 고이지 않게 그냥 넘치게 하는 거. 그냥…, 그렇게 살면 편하지 않을까."

"뭔가…, 되게 문학적이네, 너."

"그런가? 감성적인 거지."

"그걸 말로 표현할 수 있는 게 문학적인 거지, 뭐. 그럼 찾았네. 니 재능."

"그런 거야? 이런 게 재능이라고?"

"원래 보잘것없는 거도 다 쓸모가 있는 거야."

"너가 그렇게 말하니까 진짜 웃긴 거 알지."

"알지~"

"바다 들어갈 거야?"

"갈아입을 옷 안 가져왔어."

"알고 있었어."

"왜 물어본 거야."

"들어갈 생각이면 나도 들어가야 되니까."

"너가 왜?"

"지켜만 보긴 나도 심심하니까."

"그건 그렇네."

시시콜콜한 농담들을 하며 생각했다. 흘러온 나의 시간들은 아름다웠을까. 어쩌면 행복하기만 했을 수도 있는 시간들을 그저 그런 회색빛으로 만들었던 건, 윤서도 신가연도 아니라 그저 나 때문이라는 생각이 들었다. 의사가 그랬듯이, 모두가 말했듯이, 나만 생각을 고쳐먹으면 아무렇지 않을 수도 있었다.

그제서야 이미 지나간 시간들을 후회해 보았다.

돌아가지 못할 나를 자책해 보았다.

나만 힘들어질 뿐이었다. 그래서 그저 지나간 날들에게 사과를 건넸다.

가라앉은 밤들에게, 가라앉은 낮들에게, 그 밤과 낮과 함께 가라앉은 나의 시간들에게.

미안하다고.

"우리 발만 담글래?"

"…그래."

돌아오지 않는 청춘을 반짝이지 않게 만들어서, 푸른 날들을 그대로 즐기지 못해서.

후회할 줄 몰랐었으니, 당연한 것들이 당연하지 않았으니.

무너져도 된다는 말에 너무 안심하고 무너져 내려 버렸다.

만들면 안 될 거 같았던 아름다운 기억을 만들어 버렸다.

처음으로 내 우울을 후회해 보았다.

"또 우냐."

성민이 주머니에서 손수건을 꺼내 건네주었다. 받긴 받았지만 이걸로 눈물을 닦거나 하기엔 미안해 그저 꼭 쥐고 있었다. 그런 나를 아무 말도 없이 바라보기만 했다.

"집에 언제 갈래?"

한참 후에야 내가 더 이상 울지 않을 때 입을 열었다.

"해 지는 거만 보고."

"그래."

옷에 모래가 잔뜩 묻어도 개의치 않고 해변가에 앉아 있었다. 일정하지 않은 파도가 무너질 때, 그 잔상이 발에 남았다. 파도가 다시 떠내려갈 때 고운 모래 입자들과 함께 발도 떠내려갈 거 같았다. 이 넋 놓고 있을 수 있는 자연이 좋았다.

"너는 안 힘들어?"

내가 조심히 물었다.

"힘들어."

"더 안 물어볼게."

"고마워."

이것도 배려라고 부르려면 배려였다. 반복되는 파도소리는 듣기 좋았다. 최선을 다해 달려와도 파도도 끝엔 무너져 내렸다. 더 올라올 수 있을 것 같은 물살도 어느 선을 넘지는 못했다.

"해 기울었다."

"지금 몇 시야?"

"6시 반."

가로등 밑의 내 그림자가 두 개로 갈라져 보였다. 눈은 뭐가 잔뜩 낀 듯 피로하고 정신은 없었다. 더위라도 먹은 걸까, 힘이 빠지고 더러운 느낌에 빨리 집으로 가고 싶었다. 이래서 내가 여름날을 싫어한다. 빛에 그을린 자국이 내 몸에 남는 것도 그다지 좋아하지 않는다. 어지러운 시야에 파도가 살랑인다.

이건 어쩌면 조금 좋을지도 모르겠다.

"1시간이면 해 지겠네."

"밤바다 좋아해?"

"좋아하는데 너무 늦으면 엄마가 걱정해."

"그럼 안 되겠다."

점점 해가 기울어가는 걸 해변에 앉아 지켜봤다.

"…아까 뭘 생각하면서 울었어?"

민이가 물었다. 이번엔 내 눈을 바라보지 않았다.

"아까…, 혹시 내가 행복해도 되는 건가, 하는 그런 거."

"그런 생각 처음 해봐?"

"응, 진짜 처음 해봐."

"예쁜 하루가 됐네."

"울었는데?"

"울고 웃었으니까 예쁜 거야."

"보통 웃는 게 예쁘다 하지 않아?"

"세상 물정 모르고 웃기만 하는 건 좀 부담스러워서."

"뭐야 그게."

"그냥 그런 거. 울기도 하고 이겨내서 웃기도 하는 건 사람만 할 수 있는 거잖아?"

이 말들이 내 모든 일들의 계기가 될 수 있다는 걸 그땐 자각하지 못했다. 그냥 해 지는 하늘과 그 빛이 비치는 바다가 하염없이 아름답고, 내가 가지고 있는 생각들도 아름다울 수 있을까. 지금 민이와 함께 있는 내 모습은 언뜻 보기에 예뻐 보일까.

아름다움이라는 단어에 제대로 꽂혀 그런 생각들로만 머리가 차 있었다.

돌아오는 기차 안에서도 어김없이 '아름다운 하루였나.'

하고 생각했다. 민이랑 나도 굳이 잡담을 나누지 않았다. 돌아가는 동안은 해가 져 있었다. 그냥 발만 담그고 있었는데도 지치는 느낌이었다. 자는 듯이 자지 않고 돌아갔다.

[나 줄 거 있어, 문자 보면 만나자]
다음 날 아침 눈을 뜨자마자 본 문자였다. 늦은 새벽에 보낸 문자가 '오늘 재밌었다.'도 '잘 들어갔어?'도 아니라니.
[지금 나갈게]
이쁘진 않은 꼴로 눈을 비비며 학교 근처 공원으로 나갔다.

"빨리 왔네."
"완전 거지꼴로 왔어."
"뭐 어때."
민이도 꽤 후줄근한 상태로 나온 것처럼 보여 다행이었다.
"그래서 줄 게 뭔데?"
"아, 이거."
민이의 손에는 예쁘게 코팅된 세잎클로버가 있었다.
"클로버? 네 잎도 아닌데 왜."
"어제 집 들어가는데 네 생각 나길래."
보통 연인이 꽃 주면서 하는 말인데. 그 말을 하려다가 그냥 웃었다.

"세잎클로버 꽃말이 행복이라잖아."

민이는 그걸 내 손에 쥐여주더니 나랑 비슷하게 웃었다.

"이 널리고 깔린 행복을 너도 의미 있게 쳐다볼 수 있으면 좋겠어."

사람들이 네잎클로버를 찾기 위해 세잎클로버를 밟는다는, 그니까 행운을 얻기 위해 행복을 무시한다는 건 너무 유명한 내용이다. 그걸 처음 들었을 때도 별생각은 안 들었었는데.

지금 듣는 말들은 왜 이렇게 큰 의미로 다가오는 기분일까. 가슴 한편이 뭉클했다.

"이거 하나 주려고 부른 거야?"

"응."

"고마워."

"뭘."

내 손에 들린 클로버를 보면서 클로버를 꺾어 말리고 코팅했을 민이가 생각나 웃겼다.

"안 잃어버릴게."

"잃어버려도 돼. 또 새로 만들어줄게."

"클로버를?"

"행복을."

꼭 구원자 같은 너는 나에게 왜 이렇게까지 하는 걸까.

"고마워."

이 행복을 제일 잃어버리기 싫었다. 이유 따위는 중요하지 않았다. 그냥 나에게 사소하게 다가오는 행복을 말 그대로 놓치기 싫었다. 아주 특별한 사소함이었다.

민이는 학원에 늦을 것 같다며 먼저 갔다. 나는 나온 게 아쉬운 마음에 공원을 두 바퀴 정도 걷다가 돌아갔다.

* * *

"수아야 엄마랑 얘기할까?"

"그래."

주방 식탁에 마주 앉았다. 아빠랑 같이 얘기하려 했는데 출장이 길어져 둘이서만 얘기하는 거라고.

"요즘 학교는 잘 지내? 윤서 일 때문에, 따돌림당하진 않아?"

"당해."

"당한다고?"

"아니 그런 건 아니고, 정신병자라고 소문 나서."

"애들이 뭐라는 거야. 네가 정신병자라고? 아니라고 하면 되잖아!"

"이미 날 대로 나서 내가 뭐라고 해도 안 바뀌어. 아니라고 하기에도 뭐하고. 엄만 이런 걸 원한 거 아니야?"

"세상에 딸이 따돌림당하길 원하는 부모가 어딨니?"

"내가 약 먹으면 진짜 정신병자 같다고 병원 안 가겠다
고 했잖아! 엄마 내 말 들었어? 안 들었잖아! 난 그렇게라도
날 좀 위로하고 싶었다고. 쟤네들이 날 뭐라고 말하든 난 떳
떳하다고 생각하고 싶었다고. 엄마도 내가 병신이라매, 근데
왜 이제 와서 아니래!"

소리치며 울었다. 울지 않으려 했는데 그냥 눈물이 나왔다.
어렸을 때 이후로 이렇게 엄마한테 소리 지른 적이 없었다.

"엄마도 최선을 다하고 있잖아. 뭘 더 어떻게 해야 돼?"

"해결책만 말해주는 게 엄마한텐 최선이야? 엄마는 공감
안 해줬잖아."

"그거는 뭐 쉬운지 알아? 나보다 몇십 살 어린 애 말 듣고
공감하는 게?"

"엄마는 대체 나한테 뭘 공감해 줬는데?"

"공감했으니깐 해결책이 나온 거지."

"아니, 그런 거 좀 말고! 내가 엄마한테 뭐 얘기했을 때 한
번이라도 힘들겠다고, 내 잘못 아니라고 말해준 적 있냐고."

"안 해줬다고?"

"응. 뭐만 하면 나보고 참으라매, 따 당하고 욕먹어도 참으
라고만 했잖아."

"그건 엄마가 세상을 더 살아봐서 그래, 수아야. 그럴 때 네가 화내고 보복하면 더 귀찮고 힘들어지는 거야."

"그게 사실이라도, 그게 맞는 거여도 '안 참아도 돼.'라곤 말 못 해주겠어도 '힘들었겠다.' '누가 우리 딸 힘들게 했을까. 나쁜 년들이네.' 하면서 말해주고 같이 욕해줄 순 있는 거잖아."

"그런 건 친구들이랑 해도 되니깐…. 엄마는 더 현실적인 걸 찾아주려 했지."

"엄마가 원하는 게 친구 같은 엄마 아니었어? 뭐가 정답 인지는 내가 제일 잘 알아! 싸우면 내가 참고 넘어가고, 아니야?"

"다 넘어가는 게 맞는 건 아니지…. 부당하면 같이 싸워야지."

"엄마가 그런 걸 언제 알려줬는데?"

"…."

"엄마는 나한테 참는 법밖에 안 가르쳤어."

"엄마는…."

"덕분에 무슨 억울한 일 있어도 참는 거 말곤 할 수가 없어서, 그래서 내가 자해하는 건데 모르겠어?"

"알았어. 엄마가 미안해. 공감 먼저 하도록 노력할게."

배워야 하는 건 자녀만이 아니었다. 가끔은 알려줘야만

깨우치는 것도 있는 것 같다. 완벽히 같은 길을 걷는 것은 불가능하니까. 나는 그날 내가 뱉은 말들을 후회하지 않는다.

＊ ＊ ＊

"감정이 없이 살고 싶다."

뭔가 성민 입에선 절대 안 나올 것만 같은 말이 튀어나와 놀랐다. 늘 감정을 소중히 여기고 아름다워하는 애 아니었나. 하지만 성민이 늘 그러듯이 나도 감정을 숨기고 태연하게 대답했다.

"노력은 해봤는데 안 되더라."

"감정 없이 산다는 건 무슨 기분이야?"

"없을 수가 있나, 내가 사이코도 아니고."

"아, 음…. 그럼 감정을 배제하고 사는 건 무슨 기분이야?"

민이의 질문에 나는 내가 내 감정을 없애려 한 이유를 찾아내야 했다.

"인간으로 산다는 건 내 생각보다 훨씬 힘든 일이라서. 감정을 느끼고 생각하고 아파하잖아."

"그래서 인간인 거 아니야? 느끼고 생각하고, 아파하고 회개하고 기뻐하니까."

"인간인 게 너무 싫어서, 그래서 로봇이 되고 싶다고. 그렇게 생각하고 울면서…. 그렇게 다짐했던 것 같기도 하고.
감정을 없애면 정말 편할 줄만 알았어."

"마냥 편하진 않았나 봐?"

"음…. 그러게, 안 그랬네."

나는 웃었다. 소리 내어 하하 웃으면서 말했다. 내가 생각
해도 너무 사춘기스러운 말이어서, 너무 애 같은 생각이라
놀랐다.

"다시 생각해 봐야겠네. 역시 이건 소중하니까."

그냥 나한테 말하고 싶던 말을 돌려 말한 것 같기도 했다.

* * *


정말 문득 생각했다. 제명에 못 살 것 같다고, 스쳐 흘러
가듯이 생각했다. 못 사는 건지, 안 사는 건지 판단하긴 힘
들지만, 확실한 건 그때의 내가 하루도 빠짐없이 절실하게
죽고 싶었다는 것이다.

아파트 옥상으로 올라갔다.

아무리 처절했던 기억들을 다시 거슬러 올라가도 눈물이
나지 않았다. 윤서가 죽었던 그 크리스마스를 생각해도 아
무 생각이 들지 않았다. 이윽고 난간을 넘어 위태롭게 서 있
었을 때, 이걸로 끝나게 된다면 후련할 거 같았다.

모든 감정에 무뎌진 걸까. 그래서 이런 흔한 공포심조차
도 안 드는 걸까.

떨어지고 죽는 상황이 전혀 무섭지 않았다. 오히려 당장
이라도 떨어질 수 있을 것 같은 내가 너무 무서웠다.

죽음에 두려움을 느끼지 못한다는 거는 내 생각보다 잔
인하고 무서운 일이었다.

그럼에도 디데이 하나 때문에 못 죽고 살아 있는 것은 그
것보다 더욱 끔찍하고 슬픈 일이었다. 내가 살 이유가 그거
하나밖에 없었다.

전화가 왔다. 또 이주현이었다. 마음을 어설프게 달래고
전화를 받았다.


"여보세요?"

"어, 여보세요!"

"뭐야, 이주현. 안 바빠?"

"내가 뭐 공부만 하고 사냐?"

"맞잖아…."

"닥쳐, 그래서 너는 뭐 하고 살아?"

"공부해야지, 나도. 별수 있나."

"허얼, 유수아가 공부를?"

"아니, 불만 있어?"

"누가 불만 있댔냐? 그냥 신기하잖아."

"신기할 거까지야, 학생인데."

"너 그래도 작년엔 공부 지지리도 안 했잖아."

"그건 맞지."

"근데 황윤서 앤 어떻게 연락 한 번이 없냐, 너랑은 연락돼? 걔 뭐 전학 갔어?"

"아니, 우리 학교야. 잘 지내는데…. 너한테 악감정 있나보다!"

"황윤서가 너냐?"

"욕처럼 들린다?"

"욕 맞아."

"씨발…."

"학교에서 황윤서 보면 나한테 연락 좀 하라 그래!"

"이미 했거든? 너 존나 싫나 보지!"

"나 지금 몰폰인데 닥쳐 좀."

"아 몰폰 개불쌍해~ 썰 풀 거 있냐?"

"나 같은… 공부에 찌든… 썰…?"

"엄…. 그래도 힘든 거라도 말해봐. 나 고민상담 잘하는 거 알잖아."

"그랬었나? 음 그럼…. 솔직히 여기 좀 숨 막혀."

"숨? 하긴 거기 다 부잣집 애들이지?"

"부잣집 애들인 건 둘째치고, 애들이 그냥 다 눈이 돌아 있어. 계속 공부공부공부…. 시험이라도 끝난 날엔 몇 명 대성통곡한다니까?"

"그 정도야? 입시도 아니잖아."

"여기 있는 애들은 다 자사고 가겠다고 아등바등하니까…. 나 같은 애들은 입시 한다 해도 정시 수시 다 망한 거지 뭐."

"너 공부 잘하는 편 아니었어?"

"거기서는 잘하는 편 맞았는데 여기선 그냥 중하위권이야. 뭐 애들이 다 영재만 모여 있는 거 같아."

"스트레스받겠다, 그러면."

"당연하지, 장난 아니야. 애들 벌써 카페인 달고 살아서, 이제는 웬만한 음료는 기별도 없대. 나는 원래 잠 없는 편이어서 밤까지 공부해도 무리 없는데, 다른 애들은 아닌가 봐."

"보통 밤 몇 시까지 하는데?"

"한…. 3~4시?"

"일어나는 것도 일찍 일어날 거 아니야."

"딱히? 그냥 6시나 7시쯤에 일어나는 거 같은데."

"잠은 안 부족해?"

"애들 거의 다 이렇게 자, 적어도 밀리면 안 되니까. 중상위권이라도 유지해야지."

"나랑은 비교도 안 되게 힘든 삶이네."

"너도 뭐 너만의 고충이 있겠지, 넌 뭐 없어?"

"음…, 딱히? 다 괜찮아."

"그래 뭐…, 나 내일 시험이라 지금 끊을게."

"어휴, 담에 또 전화해라."

"그래그래, 너도 내일 시험 잘 보고."

* * *


2학기의 중간고사 날이다. 원래 공부에는 관심이 없어 특별히 시험공부를 하지는 않았다. 그냥 모두 경직된 분위기가 싫어서, 시험을 치고 있을 때도 집중하지 않고 제대로 풀지 않았다.

"시험 잘 봤어?"

"잘 봤겠어?"

"유수아답네."

"정아는 잘 봤대?"

"그럭저럭 잘 본 거 같던데? 난 망했고."

"동지네."


"이주현?"

교문 앞에서 날 기다리는 것처럼 보이는 이주현이 서 있었다. 어쩔 수 없이 주현이에게 말을 걸었다. 점점 다가가는 발걸음은 무거웠다.

"왜 황윤서랑 같이 하교 안 해?"

"아, 걔, 그 방송부. 남아야 된대."

어째서인지 습관처럼 튀어나온 거짓말이었다.

"아, 그래? 그럼 지금 한 번만 불러줄 수 있어? 지금 학교에 있다는 거지?"

미묘하게 흥분한 얼굴의 주현이는 내 거짓말을 이미 아는 눈치였다.

"오늘 너도 중간 아니야? 학교 쨌어? 왜 왔는데."

"지금 그게 중요해 니 눈엔? 비켜봐, 내가 방송실 기억하니까."

"아 좀…!"

교문을 넘으려는 주현이를 막곤 소리쳤다.

"유수아, 니 입으로 말해봐."

"주현아, 우리 어디 가서 말하자. 여기 사람이 너무 많…."

"씨발 살아 있다매, 황윤서 학교 잘 다닌다매."

"미안."

"아… 진짜구나 진짜…."

"나도 일부러 그런 게 아니라…."

"나 지금 진짜 존나 머리 아프거든."

"미안해."

"왜…? 아니 그보다 왜 안 말했…, 아니 윤서가 그럴 애가 아니잖아, 이번에도 거짓말이지?"

"…."

"야, 유수아."

"미안해, 주현아."

"할 줄 아는 말이 미안해 밖에 없어?! 내가 이 말을 신가연한테 듣는 게 맞는 거냐?"

주현이가 금방이라도 울듯 소리쳤다.

"나는…. 나는 너 믿었는데."

"내가 할 말이 없어서 그래."

"왜 속였어?"

말문이 막혔다. 내가 한 선택이 잘한 것인지 반복해 질문해 보았다. 내가 과거로 돌아간다면, 다른 선택을 할까?

"왜 속였냐고. 그냥 말해도 됐잖아. 내가 씨발 뒤진 윤서 얘기까지 거짓말로 들어야겠냐고!"

"니가 상처 입을까 봐…."

"그것도 변명이라고 하는 거야?"

"그럼 내가 그때 어떻게 했어야 했어? 안 그래도 네가 공부 때문에 스트레스받는데 윤서 죽었다고 말하면 넌 아무렇지 않을 자신 있었어?"

"그래서 그렇게 나 병신 만들면 좋았냐?"

"아니야, 그런 거."

"지금…. 하, 소식 듣자마자 달려왔는데, 내가 제정신이게 생겼냐고."

"오늘은 돌아가고 진정하고 다시 말하자, 부탁이니까…."

"씨발…."

이주현은 혼잣말로 욕을 몇 번 내뱉더니 이내 한숨을 쉬었다. 그 뒷모습이 천천히 시야에서 사라지자 참았던 숨이 몰아 나왔다.

"야, 유수아, 괜찮아? 이주현이라는 친구가, 알았구나. 어쩌다가."

"…하, 신가연."

"걔는 이제 와서 너한테 왜 이러는 거야."

"내가 제일 하고 싶은 말이야."

"너도 좀 진정할 필요는 있겠다."

내가 이런 한심한 꼴을 보이는 게 차라리 민이라서 다행이라고 생각했다. 사람이 주변에 많이 없는 것 또한 신이나 주현이의 배려였을까. 신가연에겐 화낼 힘조차 없었다. 따지고 싶지도 않았다. 걔가 나한테 사과한다고 달라지는 건 아무것도 없을 걸 알고 있었다. 이 상황도, 내 마음도. 그냥 빠

르게 추스르고 상종도 안 하는 게 나한테 가장 좋은 일일
거다.

　참아야겠지.

　참는 게 맞지.

　내가 잘못한 거잖아, 누구 탓을 하겠어.

　차라리 고마워해야 하는 거 아닌가.

## 福輕乎羽

**복경호우**

복은 새의 날개보다 가볍다는 뜻으로
마음가짐을 어떻게 가지느냐에 따라 행복하게 된다는 말.

# 同 病 相 憐
## 동 병 상 련

가장 다채로운 것들을 연기해야 하는 내 속에는 색이 없
었다. 순수한 아이도, 성숙한 아이도, 특별한 아이도 연기할
수가 없었다. 나는 어째선지 텅 빈 아이였다. 웃음이 사라진
아이였다. 날 가르치는 연기 선생님들을 지레 한숨을 내쉬
곤 하셨다. 그런 수업을 끝마치고 엉엉 울며 집으로 돌아온
내게 엄마가 늘 해주신 말은,

"마음은 빈 게 아니라 새하얀 거야. 어느 색을 올려도 너
무 예쁜데, 함부로 색을 올리기엔 무서워서 그런 거야."

나는 여전히 울며 고개를 끄덕였다.

처음 오디션을 보러 회사로 간 날을 기억한다. 대기 명단
에 이름을 적고 지정 대본을 받고 앉아 있었다. 혼자서 중얼

대며 대본을 외우고 있었는데, 안쪽 문이 열리더니 중고등학생쯤으로 보이는 학생들이 우르르 나왔다.

그들과 스치며 눈이 마주쳤을 때, 처음 느끼는 감정에 휩싸였다. 걷기만 해도 빛났다. 아니, 시선을 사로잡았다. 갑자기 여기가 내가 있을 자리가 아니라는 게 느껴졌지만, 내 등을 토닥이는 엄마의 손길에 나는 떠밀리듯 오디션장으로 들어갔다.

"안녕하세요, 성민입니다."

엄마가 알려준 대로 인사했다. 이번 달만 네 번째 오디션이었다.

"지정 대본 연기 시작하세요."

남자의 차가운 말과 함께 연기를 시작했다.

"뭐가 그렇게 어려운 건데! 뭐가 그렇게 복잡해…? 나는 그런 거 잘 모르겠어, 그냥…, 그냥 내 옆에 있으면 안 되는 거야?"

심사위원과 눈이 마주쳤다. 대사의 흐름이 끊겼다.

"그, 그것도 안 돼…? 이럴 거면 난 왜…."

"거기까지만 들으면 될 거 같네요."

잠깐 머리가 핑 돌았다. 아, 망했다. 지금까지 중에 제일 못한 거 같아. 몰입하기 위해 조금 자리를 벗어났던 손과 다리도 정자세로 고쳤다.

"연기 배운 적 있어요?"

"아니요."

"어떤 배역 맡고 싶어요?"

"주연이요."

망설임 없이 대답했다.

"연기력 때문에 주연은 힘들 텐데."

"…아, 네."

가슴이 내려앉았다. 아까 한 박자 쉬어버려서 그런가? 속도가 빨랐나? 나름 눈물도 났는데, 엄마가 시킨 대로 연습한 대로 했는데, 암기도 완벽했는데…!

"합격 여부는 곧 문자 통해서 공지할 거예요. 수고했어요."

"감사합니다."

혼란스러움을 뒤로하고 최대한 밝게 허리를 굽혀 인사하고 나왔다.

"어땠어? 이번엔 분위기 괜찮았어?"

"…죄송해요."

"다음 오디션에서 더 잘하자, 우리 내일도 하나 잡혔어."

힘들어요, 엄마. 그 어린 시절에도 그 말을 삼켰다. 삼킬 수밖에 없었다. 나도 유명해지고 싶었다. 다음 날 있을 오디션을 준비하고 있었지만, 다음 날 아침에 온 그날의 합격 여부 문자의 결과는, 합격이었다.

처음 가게 된 촬영장이었다. 아주 작은 배역을 가지게 되었다. 이름도, 비중도 없는 역할이었지만 많은 사람들, 분주한 스태프들과 중심에 앉아 있는 감독님, 티브이에서나 보던 이름 있는 배우들을 보니 드디어 나도 배우가 된 것 같은 기분이 들었다. 한참을 대기하고 한 컷을 찍었다. 티브이로 본 내 모습은 스치듯 나왔다. 이 짓을 6년 정도 반복했다. 초등학교를 졸업할 무렵엔 스토커가 붙었다.

나 같은 단역에게 붙을 스토커가 어디 있나 싶었는데. 나보다 4살 많은 고등학생 여자였다. 석 달이 넘는 시간 동안 하루도 빠짐없이 SNS 메시지로 문자를 보내던 사람, 내 게시물에 올라온 배경들로 내가 다니는 초등학교를 알아낸 사람, 내 친구들 앞에서 나랑 원래 아는 사람인 척 내 손을 잡고 간 사람. 그렇게 큰 공포를 느낀 건 처음이었다. 특히 작고 왜소했던 내 몸으로 할 수 있는 건 아무것도 없었다. 그 사람은 무슨 생각으로 나한테 접근했을까. 단순히 어긋난 팬심으로 쳐도 되는 것일까. 혹시 또 다른 목적이 있었던 건 아닐까. 다행히 손을 잡고 끌려가던 그날, 이상하게 생각한 신가연이 엄마에게 말하면서 상황은 일단락됐다. 경찰서에서 대면한 그 여자는 떨고 있었다. 잠시 후에 들어온 부모님이라는 사람들은 그 사람을 대신해 사과했다. 그 여자의 입에선 아무 말도 나오지 않았다. 엄마는 넘어가 주겠다고 말했다. 나는 그럴 생각이 없었다. 그 여자가 꼭 죗값을 치렀으면 했다. 정작 나에게는 선택권이 없었다. 엄마는 받은 합의금을 들고 나를 칭찬했다. 내가 공인이 된 이유가 이것뿐이었나, 회의가 들었다. 내가 받고 싶었던 사랑과 관심은 분명이런 것이 아니었다. 몇 달 동안 잠도 제대로 못 자며 두려움에 몸 떠는 이런 게 아니었다. 배우를 그만둬야겠다고 생각했다.

나는 연습을 거부했다. 방 안에 틀어박혔다. 예쁜 것들을 연기해봤자 내가 예뻐지진 않았고, 비중 있는 역을 가질 일은 없었다. 엄마는 며칠 동안이나 울었다. 아빠는 그런 엄마를 위로하고 나를 혼냈다. 다시 카메라 앞에 서기 힘들었다. 나보다 잘난 사람들이 득실거리는 그곳에 다시 발을 들일수 없었다. 그렇게 소속사를 나왔다. 반짝반짝 빛나고 싶었다. 그게 유일한 꿈이었다.

소속사를 나오던 날, 신가연을 불러냈다. 늦은 밤, 놀이터그네에 걸터앉았다.

"오랜만에 부르네."

신가연이 먼저 입을 열었다. 대답하지 않자 신가연이 말을 이어갔다.

"회사 나왔다며, 이제 고모 얼굴 어떻게 보려고 그러냐."

"그냥 살아야지 뭐, 너 중학교 어디 갈 거야."

"아마 사립중."

"그러냐. 멀리 가네."

"그냥 그러고 싶길래. 넌?"

"아무 데나 가야지 뭐, 자칫하면 사립중이나 갈까?"

"그래 일 터지면 전학 와라."

그렇게 말하고 신가연은 집에 들어갔다. 큰 의지가 되진
않았지만 집이 가까웠던 탓에 얼굴을 자주 보는 사촌 친구
였다. 그리고 정말 일이 터졌다. 전학을 가야 했다.

초등학교와 가장 가까운 거리에 있는 중학교를 입학한
나는, 입학과 동시에 소문에 휩싸였다. 아역 때부터 배우를
했었다는 건 모두가 알고 있었다. 스토커한테 시달리다 이
상한 짓을 당했다거나 우리 엄마가 나를 돈벌이 수단으로만
이용한다거나 그런 말들까지 전부 참을만했다. 그런데 어째
서인지 제일 듣기 버거웠던 말은 나 같은 무명을 왜 신경 쓰
냐는 말이었다. 사람들의 시선이 버거웠다. 그런 우울을 표
현하는 건 어려웠다. 난 잘 울지 않았고, 잘 괴로워하지 않았
다. 그러다 한 번씩 숨이 턱 막히게 되면 가빠오는 호흡과 함
께 의지와 상관없이 눈물이 흘렀고, 정신이 맑아지면 그때
서야 무언가에 벗어난 느낌이 들었다. 공황은 늘 힘들고 괴
로웠지만, 내가 표현할 수 있는 괴로움이었다. 학교에 갈 때
마다 공황으로 쓰러졌다. 복도, 교실, 화장실 가리지 않고 숨

이 턱턱 막혀왔다. 울고 쓰러지고 버거워했다. 엄마는 나의 전학을 결심했다. 이왕이면 멀고, 아는 사람이 있는 사립중으로. 신가연이 있는 학교였다. 나도 아무도 날 모르는 곳으로 가 다시 시작하면 좋을 것 같다고만 생각했다. 소속사를 나간 뒤에 엄마랑은 멀어졌다. 그냥 적당히 아침인사와 저녁인사를 나누고, 차려준 밥을 먹고, 집에서 밥을 먹지 않으면 연락하고, 딱 그 정도였다.

새로운 학교에 발을 들일 때는 설렘도 두려움도 없이 그저 편했다. 모두들 겉만 보고 날 다가오는 사람들이었다. 차라리 그게 편했다. 누구도 나의 아역 시절을 알지 못했고, 나의 공황을 알지 못했고, 나의 흉터를 알지 못했다. 차라리 이렇게 겉만 보며 날 좋아해 줬으면, 내 모든 건 다 숨겨지기만 했으면, 하고 바랐다. 그저 한 명만 빼고. 교실에 들어오고 가장 처음 보였던 여자애. 책상에 엎드려 있던 그 애는 머리가 허리춤까지 올 정도로 길었고, 팔다리가 얇아 왜소해 보였다. 조용한 학교생활을 보내고 있을 것 같아서 그랬나, 괜히 다가갔다.

"안녕."

그 애는 조용히 고개를 들어 나를 쳐다봤다. 머리카락으로 가려져 보일 듯 말 듯한 명찰엔 '유수아'라고 적혀 있었다.

"아, 안녕."

높고 차분한 목소리.

"넌 유수아지?"

꿇어앉아 시선을 맞추며 물었다. 뭔가 고요하면서도 외로운 분위기의 눈이었다.

"왜 나한테 말 거는 거야?"

"그야…. 친해지고 싶으니까?"

"그니까, 내 이름을 알고도 왜 친해지고 싶은데."

내가 전학생이란 사실을 모르는 걸까? 학기 첫날이라 그럴 수도 있겠지만, 얼마나 친구들한테 관심이 없는 걸까 싶었다.

"너 이름이 친해지면 안 되는 이름이야?"

"응."

"왜?"

"그냥 친해지지 마."

목소리가 처음보다 훨씬 싸늘해졌다. 처음부터 이럴 생각은 아니었는데, 하지 말라는 거에 오기가 생기기 시작했다.

"나 너랑 친해지고 싶다니까."

"너 혹시 전학생이야?"

"지금 알았어?"

"내 이름은 어떻게 아는데."

"명찰 있잖아."

同病相憐

내가 손가락으로 가슴 쪽을 가리키니 그제서야 아, 하는 표정을 지었다.

"너 재밌다. 친해지자 그니까."

여전히 이해할 수 없다는 표정을 짓는 유수아를 보며 그냥 웃으며 되물었다.

"내 이름은 알아?"

걔는 고개를 저었다.

"성민이야. 외자."

그렇게 말하며 웃는 저 얼굴에 심한 말을 할 순 없었을 것이다. 대신,

"우리 반 아무한테나 내가 어떤 애냐고 물어봐. 그러고도 나랑 친구 하고 싶을지."

그 말을 끝으로 자리를 박차고 나간 그 애의 뒷모습을 한참 동안이나 바라보았다. 순식간에 학교에 온 애들이 날 둘러쌌다. 내 눈 끝을 따라가던 친구들이 유수아라는 애에 대해 설명해 주었다. 붙어 다니던 단짝친구가, 황윤서였다. 자살을 해서 애가 미쳤다나 뭐라나. 썩 듣기 좋은 얘기는 아니었다. 황윤서라는 친구의 장례식장에서 그 애의 할머니 옷자락을 잡고 미친 듯이 울었다고 한다. 든 생각은 하나뿐이었다. '영웅이 될 수 있을까.'

내가 저 애를 구원해주면 내 삶이 조금 더 빛나지 않을

까. 내 삶에 대한 회의를 조금 덜 느껴도 되는 거 아닐까. 그
럼 나도 날 사랑할 수 있게 되려나.

다시 교실로 돌아와서 바로 엎드리는 유수아였다. 나는
아이들로 둘러싸인 책상에서 새 선생님이 들어오기까지 기
다려 보았다. 아이들 앞에서 자기소개를 할 땐, 몰리는 시
선에 내가 주인공이 된 것 같았다. 진심으로 웃었다. 고개를
돌리다 유수아와 눈이 마주쳤을 때도, 진심으로.

1교시가 끝난 쉬는 시간, 난 바로 그 애의 자리로 갔다.

"야."

"아, 깜짝아."

"나 너 얘기 들었어."

"근데 너랑 더 친해지고 싶게 하더라."

"…너 지금 나 놀리냐?"

"에이, 설마. 친해지고 싶다니까?"

"웃기지 마, 어디까지 들은 건데?"

"음…. 진짜 궁금해? 황윤서라는 애부터 장례식 얘기까지."

"…씨발."

"왜 욕을 하고 그래."

순간 내가 너무 예민한 부분을 아무렇지 않게 건드렸나
걱정됐다. 나였어도 화날 것 같기도 하고.

"닥쳐, 말하지 마."

"내가 뭐 잘못했어? 네가 애들한테 물어보고, 그러고도 친해지고 싶으면 다가오라는 거 아니었어?"

하지만 최대한 뻔뻔하게 나왔다.

"…."

"틀린 말 아니지."

"나랑 친구가 왜 하고 싶은 거야, 대체."

"내가 이 학교에, 이 3학년에 왜 전학 왔을 거 같아?"

"알 바야?"

"나도 너만큼은 아니어도 괴로워서 왔어. 좋은 친구가 될 수 있지 않을까."

유수아는 아무 대답 없이 날 노려보기만 했다. 물론 나도 진심은 아니었다.

"그러는 너는 그 황윤서라는 애랑 즐거움만 공유했어?"

다시 그 이름을 꺼내자 날 죽일 듯이 노려봤다.

"아, 알았어, 눈 풀어봐." 하고 웃으며 상황을 마무리하려 했는데,

"난 이제 친구 사귀면 안 돼."

"뭐?"


-띵동댕동-

"…다음 시간에 다시 올 거야."

이상한 애라고 생각했다. 나를 저렇게나 적대적으로 대하는 애도 오랜만이었다. 그런데 이상하게 밉지 않았다. 싫지도 않았다. 은연중에 친하게 지내고 싶다는 생각도 했다. 쟤가 가진 매력이 뭐였을까. 그냥 우울에 절여져 있는 아이였을 텐데.

그다음 날부턴 마음을 정리해 쉬웠다. 그냥 한번 친해져 보기로. 얘랑 친해져서 좋을 것도 나쁠 것도 없을 것 같았다. 오히려 유수아랑 친해지고 얘가 행복해진 모습을 애들이 본다면, 나에게는 좋은 일일 것이다.

"왔냐?"

저 멀리에서 보이는, 익숙하진 않은 뒷모습에 달려가 어깨에 손을 얹었다.

"…"

아는 척 좀 하지 말라는 듯이 바라보는 눈도 재밌었다.

"아, 왜 째려봐."

"…지치지도 않냐."

"오, 말했다. 이제 겨우 이틀째인데 지치면 안 되지."

"말 걸지 마."

"아, 상처받았어."

장난스럽게 말을 걸었다. 됐다. 이렇게 아주 조금씩 친해지면 될 것 같았다. 물론 아직은 아주 약간의 빈틈도 안 보이지만, 말을 받아주는 걸 보면 가능성이 아예 없는 것은 아닐 것이다.

"야."

뒤에서 부르는 목소리, 신가연이었다.

"오랜만이네."

"진짜 왔네, 전학. 거기서 일 터졌냐?"

"학폭 같은 건 아니고, 그냥 좀 힘들어서."

신가연은 저 멀리 있는 유수아로 시선을 돌렸다.

"아는 사이야?"

내가 묻자 신가연은 잠시 고민하더니 이내 답했다.

"작년에 같은 반이었어. 음침하지 않냐?"

"별로 안 음침하던데."

"굳이 쟤랑 친해질 생각은 아니지?"

"굳이 해볼까 했는데, 네가 그러니까 좀 고민되네."

"친해지지 마. 별로야."

신가연은 또 자기 할 말만 한 뒤 반으로 갔다. 신가연도 신가연대로 꼬인 건 알지만, 가족의 말을 굳이 무시할 이유도 없었다. 그럼에도 난 유수아와 빠르게 친해졌다. 나의 호기심이 더 먼저였기 때문에.

그 애의 이야기를 듣다 보면 나의 일들이 작게 느껴지곤 했다. 그게 좋아서 계속 들었다. 유수아의 인생은 불행이 끝도 없이 내려 있었다. 나는 감히 상상도 못 할 고통이었다. 그래서 나는 내 이야기를 삼키기로 했다. 이미 온갖 힘든 척은 다 해놓았는데, 이제 와서 별거 아닌 듯이 말하기란 힘들었다. 이 관계도 영원할 리가 없으니까.

* * *

"야, 유수아."

내 말을 들은 건지 못 들은 건지 유수아는 어디론가 향하고 있었다. 아무도 없는데 뭐가 불안한지 주변을 살피며 걷는 모양새가 이상해서, 그러면 안 되는 걸 알면서도 뒤를 밟았다. 따라 걸어 도착한 곳은 옥상이었다. 주머니에서 열쇠를 주섬주섬 꺼내어 문을 따고 차분하게 들어섰다. 자살을 하려던 건 아니었던 것 같다. 몇 분이 지나고 옥상문 틈 사이로 살짝 훔쳐보았을 때, 유수아는 옥상 한가운데 앉아 있었다. 아무 표정도 소리도 눈물도 없이. 다가가 옆자리에 앉고 싶었다. 왜인지는 모르겠다. 허공을 향하는 눈을 한참 동안이나 바라보다 내려왔다. 황윤서라는 애가 여기서 자살했다고 했던가.

옥상에서 본 모습이 일주일 정도 지나 조금 흐릿해질 무렵, 복도를 지나다 유수아를 봤다. 말을 걸까 하다가 앞에

있는 상대가 신가연인 걸 보고 멈칫했다. 분위기가 함부로
끼면 안 될 것 같았다. 유수아의 손이 올라가는 걸 보고서
야 달려가 막아섰다.

"…놔."

"이거 너한테 좋은 일 아니야."

"내가 뒤져도 이년 죽이고 간다."

"정신 차려."

"민아, 이런 정신병자 뭐 좋다고 싸고돌아."

신가연은 날 올려다보며 말했다. 뭐라 형용할 수 없는 괴
리감이었다. 하지만 누구의 편을 들어야 하는지는 확실히 알
고 있었다.

"여기서 너보다 한심한 애 없다."

신가연은 짜증 난다는 듯이 날 쳐다봤다. 유수아의 시선
은 아직도 신가연의 눈을 향해 있었고, 그 뒷모습이 보기 힘
들어 손목을 잡고 끌었다.

"어디 가는 건데."

"옥상."

"잠겨 있잖아."

"너 열쇠 있잖아."

"…그걸 네가 어떻게 알아."

"봤거든, 가는 거."

"소름 돋아."

"그렇게 말해도 뭐…."

이상하게도 나는 늘 유수아의 뒷모습만 바라보고 있었다. 저 먼발치에서 보던 유수아의 옆자리였다. 처음부터 이럴 생각은 아니었는데, 누군가랑 먼저 친해지고 싶다는 생각이 든 게 처음이라 조급해졌었나 보다. 아니 처음엔 친해지고 싶다는 생각도 아니었다.

"왜 나한테 이렇게 친절한 거야."

예쁜 하늘과 겹쳐 보인 유수아가 어색하게 웃으며 물었다.

"동질감."

"이상한 새끼."라며 헛웃음을 치는 너에게

"나도 알아."

웃으며 대답했다. 함께 올라온 건 처음인 옥상이다. 이상하게 좋았다. 진짜, 정말 이상했다.

영화의 한 장면 같았다. 앉아 있는 우리의 뒤로 카메라들이 깔려 있어야 할 것만 같았다. 하지만 온전히 둘의 시간이었다. 아무한테도 보이지 않아도 되는, 연기하지 않아도 되는.

어느 날은 유수아가 신가연 얘기를 했다. 당연히 좋은 얘기일 거라고 생각하진 않았지만, 이 정도일 줄은 몰랐다. 유수아에게 황윤서가 죽은 탓을 남에게 돌리라고 자주 말해주긴 했지만, 그 이유가 신가연에게 돌아갈 줄은 몰랐다. 신가연이 황윤서를 미워하고 따돌린 게 황윤서가 죽은 이유가 될까. 신가연은 왜 황윤서를 미워하고 유수아를 미워할까.

"나는 아무 죄책감도 못 느끼는 신가연이 역겨워."라고 말하는 유수아한테 무슨 말을 더 해줘야 할까. 그래도 나는 사촌인걸. 피로 연결된 관계를 욕할 순 없는걸. 그저 묵묵히 들었다. 점심시간이 끝나면 신가연을 찾아가 봐야겠다. 그 정도만 생각했다.

"너 유수아 왜 싫어하냐."

"그걸 이제야 물어본다고?"

"황윤서는 왜 싫어했어?"

신가연은 잠깐 웃고는 말하지 않았다. 고개를 사선으로 숙이고 눈을 맞추지 않았다. 무슨 생각일까.

"유수아는 처음부터 싫어한 건 아니야, 오히려 친해지려 했다고. 먼저 깐 건 개야."

"네가 황윤서를 괴롭혔으니까 유수아가 널 깠겠지."

"황윤서는 원래 좀 쎄했어, 애가 부모도 없고 음침하잖아."

"고작 그런 이유로 괴롭혔다고?"

"안 괴롭혔어. 그냥 혼자 싫어한 거야. 내 주변 애들이 알아서 괴롭힌 거고. 어차피 죽은 앤데 개 얘길 더 꺼내야 돼?"

"그래, 그래 알았어. 이제 죽었다고 쳐. 그럼 넌 평생 반성

하고 유수아한테 사죄해야지. 너 때문에 황윤서가 자살한 거면 어쩔 건데."

"나라고 죄책감 안 드는 줄 알아? 나도 미치겠다고! 방학 내내 악몽만 꿨어! 황윤서가 나 찾아오는 꿈. 그냥 유수아는 혼자인 게 맞아. 걔도 정신 나간 거 보면 모르겠어?"

"넌 진짜…, 애가 한결같이 병신이냐."

"지는 장애면서."

"됐다, 마음 바뀔 일 없겠지만 유수아한테 미안해지면 말해라."

나는 그 말을 뒤로 돌아섰다. 신가연은 내가 예상한 거보다 훨씬 엉망진창이었다. 뒤에서 작은 소리가 들렸다.

"이미 미안해하고 있어."

귀담아들을 필요는 없는 말이었다. 어떤 죄책감을 가지고 얼마나 괴로워했든 그게 남을 상처 줘도 되는 이유가 되지는 않았다. 그저 자신의 고통을 남에게 더욱 떠넘기는 그런 애다, 신가연은.

＊ ＊ ＊

평범한 학교생활은 나쁘지 않았다. 적당히 인기가 있었고, 적당히 친구들이 있었고, 날 나쁘게 생각하는 사람은 많지 않았다. 내가 사림중으로 와서 가장 많이 신경 쓴 게 유수아라는 사실이 제일 웃길 뿐이다.

숨어 있던 감성이 일어나기 좋은 시간이었다. 새벽 2시, 좋아하는 가수의 잔잔한 노래를 들으며 공상에 빠져 있었다. 유수아를 도움으로서 나의 자존감이 올라간다는 것이 윤리적으로 맞는 일일까? 그게 내 안에서만 일어나는 갈등이라면 고민할 필요가 있는 걸까. 남에게 그렇게 보여도 결국 내가 날 좋아할 수 없다면 무슨 소용이지.

분명 유수아와 친해지는 건 나를 사랑하기 위해서였다. 어느 순간부터 변질된 목표가 그리 마음에 들지 않았다.

오늘은 장애라는 말이 머리에서 박혀 사라지지 않고 맴돌았다. 평소라면 그냥 넘길 일을 몇 번이고 다시 생각하는 이상한 날들이 있다. 내가 인기가 많은 이유도, 배우를 했던 이유도, 스토킹을 당했던 이유도, 시기를 받은 이유도 정말 단순히 얼굴 때문인 걸까. 내가 잘못한 건 하나 없고 내가 원했던 상황은 아무것도 없는데 왜 내가 이렇게까지 힘들어야 할까. 오랜만이었다. 소리 없이 울었다. 남자가 왜 울고 지랄이야, 생각하며 찬물이라도 마실까 주방으로 나왔다. 요즘 잠을 못 자는지 식탁에서 차를 홀짝이던 엄마랑 눈이 마주쳤을 때, 난 저항 없이 울 수밖에 없었다. 엄마는 생기 없는 눈으로 주저앉은 나를 내려다봤다. 흐느끼는 나에겐 그 어떤 위로도 없었다. 사랑받고 있음에도 외로웠다. 내가 사랑받고 있는 것은 맞나?

"날 왜 이렇게 낳은 거야…."

처음으로 엄마 앞에서 무너져 내렸다. 평소엔 내 얘기를 한 번도 한 적이 없었다. 그런 엄마한테 처음으로 꺼낸 말이 겨우 이거라니. 눈물을 보인 내 앞에서 엄마는 어느 때보다도 화나 보였다. 그렇다고 당황한 기색이 보이는 건 아니었다. 전혀 인간미가 없는 사람이었다. 그제서야 불현듯 느꼈다. 누군가 말하던, 엄마가 날 돈벌이 수단으로만 생각한다는 그 말을 무시하면 안 되는 거였을까. 이 사람은 날 사랑으로 키우는 게 맞았던가. 모성애라는 좋은 말 뒤에 날 이용하고 싶었던 것 아닐까. 이 사람과 더 얘기하고 싶지 않았다. 돌아올 말들이 예상이 갔다. 그저 방으로 뛰어들어 갔다.

나보다 잘난 사람은 많다. 나도 누구보단 잘난 존재니 당연한 것이다. 이 이치를 머리론 알면서 가슴 깊이 새기질 못한다. 나보다 잘난 사람이 있다고 해서 내가 못난 사람이 되는 것은 아니다. 나는 그저 나로 남는 것인데, 뭐가 그렇게 날 불안하고 죽고 싶게 만들었던 걸까. 언젠간 나를 그저 포용하고 사랑할 수 있는 사람이 생길 것이다. 아무것도 묻지 않고 날 안아주는 사람이 있을 것이다. 지칠 대로 지친 나에게 쉬어도 된다고 말해줄 사람이 있을 것이다. 우울에 익숙한 나를 행복에 젖게 해줄 사람, 내 속을 보고도 이해해줄 사람, 다 생길 것이다. 원래 인생은 허울 좋은 약속과 희망에 의지해 사는 것이 아닌가. 매일 그런 상상을 하며 잠이 들다 보면, 언젠가는 가능해질 것이다.

언제였지, 그때랑 엇비슷한 계절에 자살을 시도했다. 처음엔 주방에서 가장 큰 칼을 꺼내 배를 찌르려 했다. 그러다 확실하지 않은듯해 동네에서 가장 높아 보이는 상가 옥상으로 향했다. 평소보다 꽤나 높은 곳에서 내려다본 동네는 나 하나 죽는다고 달라질 거 같지 않았다. 그저 평온하고 시끄럽게 그렇게 흘러갈 것만 같았다. 유서 같은 건 쓰지 않았다. 유서에 그 어떤 말을 써도 내 진심이 담겨 있는 일은 없을 것이다. 시끄러운 자동차 경적 소리와 해가 진 지 한참이나 지난 하늘 아래 뭉그러지며 반짝이는 가로등 불빛들, 건물 조명들. 그제서야 조금 숨이 쉬어졌다. 나의 투신조차도 의미 없을 것 같음을 알았기에 돌아섰다. 자살을 시도했다는 말이 무색해질 정도로 아무 일이 없었다. 차라리 그 옥상에서 발이라도 접질렸으면 어땠을까 고민했다.

다음 날 학교에 가니 유수아가 여름방학에 바다에 가자고 했다. 그날이 여름방학식이었는데, 여름방학에 가자고 했다. 오랜만에 간 바다는 고요했다. 오랜만에 마음이 편해지는 기분이었다. 고요한 세상 속에서 발버둥 치며 살 필요가 있을까 고민되는 시간이었다. 바로 어제 죽고 싶다 생각한 걸 세상에게 들키고 싶지 않아졌다. 이런 행복은 아주 잠깐, 아주 작게 찾아온다. 그 행복이 너무 사소함에 절망하던 나였는데, 그 행복이 찾아옴에 기뻐하고 있는 나다. 어째서인지 우리의 여름방학이 끝나지 않았으면 좋겠다. 이 바다를 매일 보고 싶었다. 바다를 보며 울고 웃는 우리를 간직하고 싶었다. 너와 내가 우리라는 단어로 묶여 있는 것이 좋았다. 그래, 정말 나도 모르는 새 너만 생각하고 있었다. 널 살리겠다는 의지가 처음부터 거짓이 아니었다. 행복은 우리가 마음먹기에 따라 찾아오고 떠났다. 지금 내 마음을 너도 그대로 느꼈으면 좋겠다. 이 행복을 나만 가지고 있다는 것이 억울했다. 너의 하늘도 아름답게 만들어보고 싶었다. 아주 사소한 행복도 특별하게. 원래부터 널 향해 건네는 말들은 전혀 내 것이 아니었다. 차라리 대본을 연기하고 있었다는 말이 더 잘 어울렸을 것이다. 그 모든 대본이 내 것이었다고 해도 그게 내가 될 리는 없었다. 늘 그랬듯이 그렇게만 생각했다. 유수아가 크리스마스에 죽든 말든 내가 상관할 바도 분명 아니었다. 왜 내가 진심으로 그 앨 걱정하고 있지. 언제부터였을까. 바다에 간 날? 옥상에서 시답잖은 말들로 시간을 채우던 날? 아니면 처음 교실에 들어섰을 때부터인가.

특히 길고 긴 한여름이었다. 찌는듯한 더위에 그늘 하나 없는 학교 옥상에서 너와 단둘이. 우리의 얘기는 자주 우울했고, 가끔 웃었고, 늘 편안했다. 그 편안함 속에 너를 알게 됐고, 이해하게 됐다. 너도 모르는 네가 나는 보였다. 유수아는 눈물이 많고, 여린 척하지만 생각보다 강하고, 살 이유가 없단 듯이 말하지만 늘 살아 있었다. 유수아가 자살을 생각하던 밤엔 이상하게도 다음 날 볼 수 있을 거란 확신이 서려 있었다. 유수아의 디데이 때문이었을까, 그 애에 대한 믿음 때문이었을까. 유수아는 내가 지금껏 본 사람들 중에 가장 알록달록한 것들로 차 있는 사람이었다. 겉치레가 없었고, 늘 솔직했고 감정에 충실했다. 그 모든 것들을 욕하는 멍청한 애들과는 달랐다. 사랑과 연민 그 사이 어떤 걸 느꼈다. 그걸 느꼈을 땐, 이미 난 널 진심으로 살리고 싶어 하고 있었다. 가을이 다가오고 있다. 그렇게 매정하게만 흐르는 시간 속에 살아간다 우리는. 그럼에도 너한테 겨울이 지나고 필 봄꽃을 보여주고 싶었다.

그니까, 난 널 살려야겠다.


# 同病相憐

**동병상련**

같은 병을 앓는 사람끼리 서로 불쌍히 여긴다.
어려운 처지에 있는 사람끼리 서로 동정하고 돕는다.

# 一 觸 卽 發

## 일 촉 즉 발

"수아야."

민이가 힘겹게 나를 불렀다. 왜냐고 물어보아도 고개를
숙였다. 나는 잠깐 기다리기로 했고, 정말 잠시 후에 다시
고개를 들고선 옅게 웃었다.

"네가 힘들 때마다 갔다고 했던 거기, 나도 데려가 줘."라
며 웃던 민이의 눈가가 떨렸다. 그 한마디가 무슨 뜻인지 알
것 같아서, 시간만 괜찮으면 따라오라고 말했다.

방과 후, 민이는 내 뒤를 따라왔다. 전혀 다른 하굣길을
같이 걷는 것은 뭔가 낯설었고, 편안하다고 느끼던 침묵이
그렇게 무서웠다.

"여기야."

"이쁘다."

긴 강물이 눈에 펼쳐졌다. 민이는 그 모습이 마음에 들었는지, 입가에 미소를 띠었다. 괜스레 뿌듯해졌다.

"그러게, 이쁘다."

나도 대답했다.

찰랑이는 물결 사이로 햇빛이 비추었다. 그 소리가 좋았다. 마음이 편해지는 모습이었다. 그렇게 한없이 감상하고서는, 한참 뒤에야 민이가 입을 열었다.

"나 오늘 힘들었어."

강물에서 눈을 떼고 고개를 돌려 민이를 봤다. 눈이 아까와는 다르게 붉어졌다. 희미했지만 눈물이었을 것이다.

"네가 없었으면 죽었을 거야."

"내가 있어서 다행이네."

"응."이라 대답하며 또렷이 눈물이 흘렀다.

위태위태하던 모습이 이제서야 쓰러진 것 같다.

"무슨 일 있었어?"

"…억울해서."

늘 당당했던 목소리가, 작은 몇 마디에 끝없이 흔들렸다.

"뭐가 그렇게 억울했어."

"내 나이에 맞게 살고 싶었어."

"…"

"어리광 부리고 싶었어, 걱정 없이 친구들이랑 놀아보고 싶었어."

"그래도 돼."

"그거조차도 불안해."

고작 15살의 우리는 많이 불안정했다. 불완전했다. 하지만 완벽하길 바랐다. 아직 돌멩이인 우리들은 깎이고 다쳐가며 밝게 빛나는 보석이 되길 기다려야 했지만, 그걸 기다리지 못하고 그저 다가오지 않은 자신의 이상을 그리며 자신을 자책했다. 나는 흐르는 민이의 눈물을 손끝으로 살짝 닦아주었다. 민이는 잠깐 놀라다, 웃어보려다, 포기하고 다시 한참을 울었다. 물어보지 않기로 했다.

"마음고생 많았지."

어라, 어째선지 나도 눈물이 흘렀다. 너한테 하는 말만은 아니었나 보다. 나를 본 민이는 처음 보는 표정으로 고개를 끄덕였다. 입술을 끌어 물고 훌쩍이는 모습을 보니 아무것도 할 수가 없었다. 가끔은 정말 이런 단순하고도 간단한 말이 죽을 만큼 그립고 듣고 싶을 때가 있는 것 같다.

어른이 되기 싫다며 손으로 얼굴을 감싸 안았다. 어른이 된다는 것의 기준이 뭘까. 그저 시간이 지나고, 나이를 먹고, 사회에 나가면 그게 어른일까.

나는 잠시 멈칫하다 조심히 손을 올려 등을 토닥였다. 민이는 서글프게 울었지만 흐르는 시간을 멈추게 할 능력 같은 건 나에게 없었다. 언젠간 나의 모든 걸 스스로 견뎌내야 하는 어른이 되어야 한다는 것을 알고 있었다. 강물은 아무 것도 모르는 듯이 졸졸 흐르기만 했고, 야속하게도 너무 아름다웠다.

\* \* \*

나는 이제 습관처럼 옥상에 올라가고 있다. 더 이상 슬프기만 한 장소가 아니라서, 나만이 갇힌 공간이 아니게 되어서. 1학년 때의 기억만큼의 공간이 될 순 없겠지만, 어느 순간 옥상문을 열고 들어갈 용기가 생겼다. 그 용기는, 내가 다시 올라서도 죽지 않을 수 있겠다는 용기였다.

"먼저 와 있었네?" 내가 말했다.

"맨날 늦으면서 새삼스럽게." 민이가 말했다.

점심시간은 내가 유일하게 윤서 이야기를 꺼낼 수 있는 시간이었다.

자주 울고 가끔 웃지만 눈물은 고이지 않고 옥상 아래로 떨어졌다. 웃음은 민이의 기억 속에 남게 되었다.

"이렇게 매일 말하고도 썰이 남아?"

"내 인생의 5년을 한 달 만에 말해준 거면 대단하지."

"그 소리가 아니잖아."

"대단하지?"

심리 상담이 이런 필요로 있는 거였을까. 누군가에게 내 이야기를 말하는 것만으로 수면 위로 올라올 수 있는 느낌이 들었다. 유독 긴 점심시간을 엎드리고만 있지 않고, 엿듣는 수다소리로 심심함을 달래지 않는, 나만의 공간에서 벗어난 곳에서 나만의 수다를 만든다는 것을 어느 순간 멋진 일이 되어 있었다.

"오늘도 할 얘기 있어?"

"음…. 아."

문득 궁금해졌다. 분명 처음에, '나도 힘든데 너도 같은 처지 정도로 보이니 친해지자.' 같은 말로 친구관계를 얻어낸 것 아니었나? 근데 왜 늘 내 얘기만 듣고 있을까. 몇 달 동안.

"너는 뭐가 힘든 거야?"

마음속에만 썩히고 있던 무거운 질문을 해보았다.

예상외로 민이는 내 질문에 꽤 오래 고민했다.

"그냥 말 안 할래."

"뭐야, 이러면서 왜 나랑 친해지려 한 거야."

"그냥, 뭔가 너 이야기 들으면 치유되는 느낌이야."

"치유?"

민이는 그러자 옥상 난간 그 너머를 보았다. 윤서가 떨어진 자리를 보더니, 아주 희미하게 웃었다.

"힘든데, 너만큼은 아닌 것 같아."

나도 뒤따라 윤서가 떠난 자리를 바라보았다. 밝고 환한 날이었다. 하지만 아직도 내 초점은 눈 내리던 겨울에 멈춰 있었다.

"그게 이유야?"

"무슨 이유?"

"너 얘기는 안 해주는 거."

"그것도 있고…. 난 네가 덜 불행해졌으면 좋겠거든. 행복 까진 아니어도, 행복이랑 아주 가깝게. 착각할 만큼."

"행복하면 행복한 거지, 가까운 건 또 뭐야."

"너 혹시 지금 행복해?"

"아니."

"네가 제일 좋아하는 놀이기구를 타면 기쁠 것 같아?"

"재밌지 않을까, 기쁘기도 할 것 같고."

"그럼 그날 자체는 너한테 행복한 날이 될 수 있을까?"

"모르겠어. 아마도 아니."

"그런 거야. 넌 아직도 황윤서라는 친구한테 매여 있잖아."

"그러니까 내가 행복할 수가 없는 거지."

"그 대신 기뻐보자고. 매 순간. 잊어보기도 착각해 보기 도 하게. 웃을 수 있잖아. 억지로 말고 새어 나와서."

"내가 그래도 되는 거야?"

"왜 안 돼?"

"우울한 게 맞잖아."

"아무도 너한테 우울하라고 강요 안 해."

오랜 시간 나 혼자 매여 있던 올가미는 끊어지지 못할 것이라고 생각했다. 생각보다 쉽게 끊어지는 줄을 내가 점점 더 조이고 있었다는 사실을 몰랐다.


"넌 신을 믿어?"

"신? 예수?"

"어떤 신이든지."

갑자기 좀 뜬금없는 질문을 한 민이었다.

"글쎄…. 믿진 않아. 갑자기 왜?"

"신을 많이 원망하는 거 같길래."

"내가 그랬었나."

"응."

"넌 믿어?"

"믿진 않는데, 탓은 해."

"뭐야 똑같네."

"뭔가 의존하기엔 힘들더라."

민이는 꼭, 자기 얘기를 할 때면 초점 없는 눈으로 어느

먼 곳을 올려 쳐다보곤 했다.

"왜 그렇게 생각했는데?"

"너랑 날 이렇게 만든 신이 진짜로 존재한다면 너무 원망스러울 거 같아서."

"신이 너한테는 뭔 짓을 했길래."

"너 진짜 끈질기다."

"학기 초에는 네가 더했어."

"할 말 없네. 내가 뭐 힘든 일 있으면 기만이라며."

"그것도 아주 없는 생각은 아닌데, 너만의 고충이 있을 수도 있는 거지."

"그거 자체가 고민인 거야."

"어?"

"겉만 괜찮으면 뭐해. 다들 그 겉만 보고 다가와서는 멋대로 실망하고."

이해할 수가 없었다. 성민은 겉으로나 속으로나 사실상 완벽한 사람이 아니었나.

"너한테 실망할 거리가 있어?"

"내가 생각만큼 사교성이 좋은 편은 아니라서."

"거짓말."

"진짜야. 봐, 너도 안 믿잖아."

"그건 네가 나한테 너무 쉽게 다가왔잖아."

"네가 나랑 안 친해지려 하니까 부담이 안 된 거지."

"너랑 친해지려 하는 게 부담이었어? 난 아무도 나랑 안 친해지려 했는데."

"그래서 은근 네가 부러웠달까. 어렸을 땐 관심받는 게 좋아서 아역배우도 하고 그랬는데, 그쪽도 그냥 반반하니까 뽑아놓고 돈만 받아먹는 거지. 교육비 운운하면서."

"거기서 지원해주는 거 아니야, 원래?"

"레슨비는 내가 내야 되는 거라."

"그건 뭐 그럴 수도 있지만…, 배우는 왜 그만둔 건데?"

"날 알아봐 주는 사람이 한 명도 없길래, 재능도 없고. 내 길이 아닌가 보다~ 했지."

"지금은 관심받는 게 싫어?"

"싫어."

"근데 SNS는 왜 해?"

"그건…, 모르겠어. 그냥 해야 될 거 같아서. 너는 안 해?"

"했다가 지웠어. 정신건강 안 좋아지는 기분이라."

"나도 확 지워버릴까."

"해야 될 거 같다매."

"나도 이참에 친구 싹 없애지, 뭐."

"말이야 쉽지, 어려운 일일 텐데."

"괜찮아. 진실된 친구가 없어, 다 겉으로만 친해."

"그거 스트레스받겠다."

"생각보다 진짜 많이 받는다. 괴리감이 너무 심해서, 주변에 사람은 많은데 특별히 따로 만날만한 친구는 없고. 그런 애가 있더라도 내 속마음까진 얘기를 할 수가 없고."

"속마음 얘기 못 하는 거는 나랑은 좀 다른 이유지?"

"그치. 받는 관심만큼 이미지는 관리해야 되니까."

"잘생기면 편하게만 살 줄 알았는데."

"그래도 편하게 살고 있는 거 아닐까. 아무 노력 안 해도 호감을 얻잖아."

"근데 그만큼 노력 안 하면 멋대로 실망하는 거라며."

"그거 이해해준 애는 네가 처음인 거 같은데."

"다른 애들한테 이런 말 해본 적 있어?"

"있기야 하지. 개소리하지 말고 감사하라고만 하더라."

"아하…."

"여자애한테 다 말해보네."

"힘내라는 말이 너한테 와닿으려나. 나 위로는 해본 적이 없어서 모르겠네."

"안 해도 돼."

"미안."

"그런 거 바라고 말한 거 아니야."

할 말이 없어졌다. 성민이 학기 초에 나한테 꺼낸 이야기들을 짚어보고 있었다.

"아, 너 전학은 왜 온 거야?"

갑자기 민이의 눈가가 떨렸다.

"전학?"

"어, 사정이 있었다며. 말 못 할 사정이야?"

민이는 말을 하려는 건지 말을 못 하겠는 건지 입을 파르르 떨었고, 입을 열었다가 이내 닫았다.

"말 못 하겠으면 안 물어볼게."

"아, 그게 아니라."

"응."

"웃기게 들리겠지만, 그냥 좀 버거웠어."

"뭐가?"

"배우 잠깐 했었을 때 스토커가 한 명 있었는데, 그것도 힘들었나? 그땐 그냥 애들 시선이 되게 무서웠어. 뭔가 되게 많았는데 세세하게 기억이 안 나네."

"원래 괴로운 기억은 뇌가 알아서 잊게 해준대."

"너도 그랬으면 좋겠다."

"잊고 싶지 않아."

"왜?"

고개를 떨궜다. 나도 당연히 잊고 싶다고만 생각했는데, 왜 잊고 싶지 않다고 말했을까.

"내가 까먹으면 이 세계에서 윤서를 아는 애가 더 줄어."

"추억만 간직할 순 없는 걸까."

"추억 자체가 쓰린 거라 어쩔 수 없나 봐."

* * *

"밥 먹고 들어오는 거야?"

현관문이 열리기가 무섭게 엄마가 물었다.

"응."

"약 가지고 들어가."

"어."

약봉지를 받고 방에 들어가자마자 휴지통에 버렸다. 아무 생각 없이 책상에 앉았다. 핸드폰에서 알람이 울렸다.

[뭐해]

성민이었다.

[문자는 처음 하는 거 같은데]

[ㅋㅋ 그런가, 그래서 뭐 해]

[아무것도 안 해]

[전화할래?]

[전화?]

최근에 이주현 말고 전화해본 사람이 없는데.

[그래]

일단은 승낙하게 됐다. 바로 전화가 왔고, 받았다.

"여보세요?"

"뭐 하냐."

"아무것도 안 한다니까."

"할 말 없어서 그냥."

"넌?"

"나도 아무것도 안 해."

"그럼 끊어 왜 전화하고 있어."

"…그래."

그렇게 끊어진 전화를 붙들고 있었다.

내가 너무 싸가지가 없나.

이런 걸로도 나를 혐오하게 된다 하면 그건 누가 이해할
수 있는 내용이려나.

\* \* \*

"연극부?"

"응. 이번 축제 연극한다고 부원 모집하네."

내가 성민을 끌고 간 곳은 학교 게시판이었다. 가장 커다
란 포스터는 연극부에서 내단 신입부원 모집글이었고, 왠지

그걸 꼭 보여주고 싶은 마음이었다.

"갑자기 연극은 왜?"

"너 배우였잖아. 연기 잘하는 거 아니야?"

"이런 건 유명한 애들이나 하는 거야. 나 말고."

"그럼 너만큼 어울리는 애가 어딨어."

민이는 고민이 많은듯해 보였지만 내가 마음을 먹은 이상 답은 정해져 있었다. 나는 성민이 연기를 하고 싶다고 생각한다.

"넌 할 거야?"

"난 연기 못 해."

"프로듀서도 뽑길래, 너 한다 하면 나도 할게."

"그럼 나도 하지 뭐."

"그래 그럼."

원래 목적은 이게 아니었지만 해도 나쁘지 않을 것 같다는 생각이 들었다.

면접을 보고 연극부원으로 일하게 되었다. 정말 놀라운 건, 정아가 배우로 들어왔다는 점이었다. 사실 내가 해야 할 일은 별거 없었다. 점심시간에 동아리실로 와 같이 회의를 하고, 배우들의 연습 장면을 보고, 원하는 대로 연출을 바꾸고, 조명이나 음악을 선택하는 일들이었다. 시간이 충분하지 않았기에 부지런히 일했지만 그다지 힘들다는 생각은 들지 않았다. 방과 후에 남아서 일을 해도 재밌다고 생각했다. 연극부 선후배들과 준비할 때는 힘든 생각도 들지 않았다. 성민을 위해 시작한 일이었지만 나도 어느새 진심으로 즐기고 있었다. 윤서가 아직 있었다면 내가 꼬드겨서 함께 연극을 준비했을까.

"나 잘할 수 있을진 잘 모르겠어. 어렸을 때 이후론 연기해본 적도 없는데…."

성민이 어느 날 연습이 끝나고 날 붙잡으며 말했다. 늘 의지하던 성민이 흔들리기 시작하니 기분이 묘했지만, 이번 연극이 어떠한 좋은 계기가 될 수 있을 거라는 것에 의심을 가지지 않기로 했다.

"뭐 어때. 심사하는 자리도 아니고. 그냥 최선을 다하고 즐기기만 하면 되는 무대잖아. 대충 해."

"최선을 다하라면서 대충 하래."

"스트레스받지 않을 정도만 해. 최선은 거기까진 거야."

"대본은 받은 날에 다 외웠고, 실수 없이 연습도 잘하는데 뭐가 이렇게 불안한 건지 모르겠어. 무대 위에서 공황 오면 어떡해, 과호흡이라든지."

"그럴 일 없을 거야."

"어떻게 확신해."

"믿으면 그렇게 돼."

바람이 차갑게 불었다.

* * *

"준비됐어?"

"응."

"잘할 수 있지?"

"실수 안 할게."

"당연한 거고."

"알았어, 잘하고 올게."

"응. 떨지 말고."

공연 날이 순식간에 다가왔다. 무대 뒤에서 민이와 시답잖은 말을 나눴다. 조명이 꺼지고 켜지며 연극이 시작됐다.

정아가 연극의 시작을 알리는 첫 대사를 했다. 모두가 숨죽이고 있는 가운데, 괜찮은 시작이었다. 마지막 대사를 하다가 숨이 차 말을 절뻔했지만, 티 나지 않게 끝냈다.

연출은 바쁘게 움직였다. 나는 조용히 분주한 뒤와 완벽으로 꾸며져야 하는 앞을 주시했다.

모든 것이 준비한 대로 순조롭게 진행됐고, 20분쯤 지났을까, 가장 중요한 연극의 막바지였다. 극적으로 치닫는 음악 속에 성민이 혼자서 연기하고 있었다. 가장 많이 연습하고 가장 많이 걱정한 부분이었지만, 막상 무대 위 모습을 보니 아무 걱정도 들지 않았다. 무대 한가운데 조명을 한 몸에 받은 성민은 빛났다. 그 모습에 나도, 관객들도 모두 매료된 듯했다.

역시 넌 사랑받을 때 가장 빛났다. 모두에게 동경의 대상이 되기 위해 태어났다는 말도 아깝지 않은 사람이었다. 비록 난 조명 뒤에서 널 비춰주고 있지만, 조명에 반사돼 빛나는 눈동자, 머리칼, 손끝, 뭐 하나 아름답지 않은 것이 없었다. 그 모습을 보는 것만으로도 행복해지는 것만 같았다. 포기했다고, 접어버렸다고 말하는 꿈은 가장 깊은 곳에서 빛나고 싶어 했는걸. 너만 몰랐는걸. 그게 가장 너다운 거였는걸.

관객들의 환호성과 박수소리와 함께 무대의 막을 내렸다. 무대 뒤에 있던 우리들도 다 같이 연신 박수를 쳤다. 모든 배우들이 다시 연하게 켜진 조명 앞에 서 다 같이 허리를 숙여 인사했다. 쏟아지는 박수갈채에 둘러싸인, 그런 사람들 중심에 있는 성민이 옅게 웃었다. 그 작은 웃음만으로도 나의 역할은 충분했다.

뒤풀이 회식은 참가하지 않았다. 내가 참가하지 않는다는 말에 성민은 날 데려다주겠다며 몰래 빠져나왔다고 했다. 그렇게 같은 밤길을 걸었다.

"나 오늘 어땠어?"

가로등 아래서 후드티를 뒤집어쓴 성민이 물었다.

"그냥 연예인 체질이구나 싶었어."

"그런 게 보여?"

"평소엔 못 느꼈는데, 무대 위에 있는 거 보니까 보였어."

성민은 앞만 보며 걸었다. 웃지도 기뻐하지도 않았다.

"나 배우 계속할까."

그 말이 어떤 굳은 다짐과 함께 나온 듯한 말인 게 보여서, 걸음을 멈추고 바라보았다. 내가 멈춘 걸 무시하고 걸어가려던 성민이 걸음을 멈추고 뒤를 돌아 눈을 맞췄다.

"네가 상처 안 받을 자신만 있으면 다시 해봐."

"그럴까."

"넌 밝은 곳에서 사랑받고 빛나는 게 어울려."

"그래?"

"응."

약간 멀어진 거리감 사이에 가로등 불빛이 쐬고 있었다. 그 거리감을 눈치챈 건지 아닌지, 민이 더 가까이 다가왔다. 가장 밝은 곳 아래 서 있는 성민은 또 빛났다. 갑자기 이질적인 존재가 된듯해 기분이 묘했다.

"네가 아니었으면 못 했고, 안 했어."

"내가 아니었어도 넌 해냈을걸."

"이렇게 의미 있진 않았을 거야."

"…고마워."

"그 말 내가 하려고 꺼낸 말인데."

그제서야 조금 웃는 민이었다. 내가 이 앨 웃게 해준 게 맞을까. 네가 나한테 해준 만큼의 반만이라도 의미 있는 사람이 되어보고 싶었다.

"아마 평생 못 잊을 거야."

그런 기억을 나와 함께했네.

나 또한 평생 잊지 못할 것이다. 그렇게 빛나는 사람은.

\* \* \*

"미술학원 보내달라고 학원까지 내가 직접 알아보러 다녔는데, 딸이 그 정도로 고생했으면 등록해줄 수도 있는 거 아니야?"

"어디 학원 알아봤는데?"

"단시간에 제일 실력 좋게 만들어준다는 곳 있길래 알아봤지."

"한 달 학원비 얼마래?"

"얼마면 어때. 어차피 엄마 돈인데."

"아…."

"이런 상황을 만들어놓곤 스트레스는 스스로 마음만 먹으면 고쳐지는 거라니, 진짜 존나 이기적이야. 스트레스받아."

내가 지켜본 유선유는 멘탈이 많이 약했다. 그리고 철이 없었다.

"속상했겠네."

이런 유선유의 투정을 이정아가 버티기 힘들었던 것은 당연할지도 모르겠다. 누구든지 사춘기에 들어서면 본래의 성격이 도드라지니까.

"그치, 네가 봐도 그렇지? 날 이해해주는 사람이 없어."

웃음 뒤에 내가 무슨 생각을 하고 있는진 알까.

얘도 사람 보는 눈을 길러야 할 텐데.

"야."

성민이 뒤에서 불렀다.

"가자고?"

"어."

나는 다시 뒤를 돌아 선유에게 말했다.

"선유야, 이따가 마저 얘기하자."

"알았어."

성민을 따라 옥상으로 올라갔다.

어느새 늦가을이 다 된 세상의 바람 부는 옥상, 갑자기 민이가 뜬금없는 말을 했다.

"사람마다 죽고 싶은 날이 다르다던데."

"난 있긴 한데, 그걸 많이들 생각하는구나."

"너는 뭔데?"

"나는 하늘이 예쁜 날."

고민하다 나온 답은 아니었다.

"맑은 날?"

"꼭 맑은 날은 아니고 하늘은 짙은 하늘색이고, 햇빛에 반사된 구름은 분홍색인 날."

"그림으론 본 적 있는 것 같다."

이해한듯한 민이에게 되물었다.

"너는?"

"나는…, 첫눈 오는 날 죽고 싶어."

"왜?"

"내 죽음을 슬퍼해줄 추운 겨울이 지나고, 꽃이 피면 날 싹 잊어주길 바라서."

그 말에서 어떤 심한 모순이 느껴졌다.

"죽으면서 남을 위한 생각을 하는 건 너무 모순적인 거 아니야?"

"모순적이지, 그래도 최대한 덜 아프라고."

"근데, 죽는 것 하나 정도는 이기적으로 결정해도 되는 것 아닐까."

"다른 거 다 이기적으로 결정해도 그것만큼은 그러면 안 된다고 생각하는데."

"어째 그게 맞는 것 같네. 가끔 보면 넌 너무 애 같지가 않은 생각을 가지고 있단 말이야."

"사람한테 치여서 그래. 많이 다치고 깎이고."

"그건 나도 좀 하는데."

그러자 민이가 비웃듯이 말했다.

"자랑이냐?"

나도 조금 슬픈 얼굴로 웃으며 대답했다.

"호소."

* * *


[나와줄 수 있어?]

[어디로?]

[강]

[갈게]

뜬금없이 보낸 문자였다. 나는 거의 다 진 해를 바라보며 눈물을 참고 있었다.

아름다운 하늘이 거의 다 사라졌을 때 네가 도착했다. 이미 많이 어두워져 있었다.

"늦었지."

"뛰어온 거면서."

성민은 어색하게 웃고 내 옆에 앉았다. 지나다니는 사람이 많이 없었다.

"왜 불렀어?"

성민이 물었다.

"날씨가 많이 추워졌길래."

"요즘 갑자기 추워지긴 했지. 황윤서 생각나?"

"응. 윤서가 죽은 해 겨울에 여기서 눈 맞으면서 엄청 울었었거든, 그때 생각도 나고."

"사실 네가 가장 편할 방법은 윤서를 잊는 게 맞긴 해."

"그건 나도 잘 알지."

"너는 왜 윤서를 못 잊는 거 같아? 이제 열 달이 다 지났는데."

나는 그 말에 어떻게 대답해야 할지 몰라 가슴이 답답했다. 나는 윤서를 왜 못 잊고 있을까. 그냥 단순하게 잊고 싶지 않은 건 아닐까.

"잊고 싶지 않아서…, 내가 지금 살아 있는 이유는 디데이 하나뿐이잖아. 그것조차도 윤서 때문에 만들어진 거잖아."

"네가 윤서 때문에 죽는다고 하면 걔가 좋아할까?"

"그건…. 모르지만."

매일 나의 죄책감만을 생각하고 살았던 나는 윤서의 죄책감까지는 고려하지 못하고 살았다. 윤서가 죽던 그날, 윤서는 남겨질 나에게 무엇을 상상하고 갔을까. 나는 윤서를 미워하고 용서해 보려고도 하고, 또 원망하고, 이럴 걸 모두 예상하고도 그렇게 허무하게 가버린 걸까.

　　"나는 네가 황윤서한테 벗어나서 네 인생을 살았으면 좋겠어. 그래서 내가 지금도 옆에 있는 거고."

　　"그래서 네가 얻는 건 뭔데?"

　　"많지. 널 살릴 수 있고, 널 살렸다는 그 생각 하나만으로 나도 살아갈 수 있고, 널 살려야겠다는 의지로 내가 살아갈 수도 있고."

　　"나는 죽을 의지로 살고 있는데…?"

　　"그럼 너도 살겠다는 의지로 살아봐."

　　머리가 띵해졌다. 더 이상 복잡한 생각은 하기 싫어 되물었다.

　　"이기적이네."

　　"인간은 원래 이기적이야."

　　너는 또 아무것도 모른다는 듯이 그렇게 웃으며 말했다.

너를 잊어야 내가 행복해질 수 있는 건지 궁금해, 윤서야. 나는 너를 잊고 싶지 않은데. 잊을까 싶어서 매일매일 넘치지 않게 잡아두는데, 내가 바보같이 구는 걸까? 내가 너를 끝까지 기억해주길 원할까, 너를 잊고 잘 살길 원할까. 네가 내 앞에서 끝을 맺은 건 너를 잊지 말아달라는 뜻이었어? 보고 싶어. 잊기 싫어. 내가 죽는 날까지 널 생각하고 싶어. 혹시 이런 건 사랑 같은 거야? 뭐가 뭔지 하나도 모르겠어. 대답 좀 해줘. 행복해지고 싶다는 말이 너무 모순적이라 말도 안 되게 슬퍼.

 

 

할 수 있는 가장 예쁜 글씨로 편지지에 적은 일기였다. 받을 수 있는 사람은 없고, 대답해줄 수 있는 문장은 없는 씁쓸한 설의다.

* * *

"여보세요…?"

"어, 수아야, 지금 너네 집으로 가고 있어."

중간고사 날 주현이가 그렇게 가버리고 처음 온 전화였다. 전화 너머에선 차 소리가 들려서, 아마도 부모님의 차를 타고 오는 것 같았다.

"아…, 갑자기?"

"응, 그니까 윤서 납골당으로 안내해줘."

"알았어."

그리고 전화가 끊어졌다. 영문도 모르는 채 나갈 준비를 했다. 준비를 하는 내내 머릿속이 복잡해 숨이 막혔다.

주현이의 도착했다는 문자를 받고 집을 나섰다. 검은 승용차에서 주현이와 주현이의 어머니가 내렸다. 처음 보는 그 사람은 나를 언짢게 내려다보았고, 나는 아무 말 없는 주현이에게 인사했다.

"오랜만."

"…그렇네."

주현이의 시선은 나를 보고 있는 듯 허공에 가 있었다.

"안녕하세요."

주현이 뒤에 있는 사람에게도 인사했다.

"해 지기 전에 돌려보내라."

"네."

그렇게 주현이를 데리고 버스 정류장으로 갔다. 가는 동안은 서로 아무 말도 없었다. 어색한 침묵 속에서 내가 먼저 말을 걸었다.

"미안해, 그날 그렇게 제대로 해명도 안 한 거."

"미안할 거 없어."

또 침묵이 이어졌다.

"중간고사는 어떻게 됐어…?"

나를 찾아오느라 중간고사도 못 본 이주현이었다. 불편한 얘기였지만 꺼냈다.

"두 과목 영 점 처리."

그 말에 충격을 받아 할 말을 잃었다. 난 잠시 놀라고 입술을 씹으며 할 말을 골랐다.

"미안하다…."

"엄마가 너 존나 원망하길래 그러지 말라고 했어. 내 의지라고. 네가 사과할 필요 없는 거야."

"그래도 내가 처음부터 제대로 말했다면 굳이 중간고사 날 그렇게 찾아올 필요도 없었던 거잖아."

"내가 이성만 제대로 잡혀 있었다면 3일 후에 찾아갔겠지. 굳이 따지자면 신가연 문제지, 네 문제는 아니야."

"고마워."

오랜만에 만난 주현이는 내가 기억하고 있던 모습이랑 많이 달라져 있었다. 소심하고 신가연이라면 두려워하던 이주현이 아무렇지 않게 이런 이야기를 하고, 욕을 하고, 사실 모든 게 이질감이 들긴 했다.

버스에서 내리고 납골당으로 걷고 있었다. 나도 처음 찾는 거였다. 장례식장 이후로는 찾을 생각을 해본 적 없었다. 주현이는 장례식도 오지 못했으니 이렇게라도 보고 싶었던 걸까.

"마음고생 많았어."

"…어?"

갑자기 주현이가 날 바라보며 말했다.

"많았어도 너가 더 많았지, 왜 나한테…."

"나한테 말도 못 하는 동안 혼자 얼마나 마음 곯았을까 해서."

"그래도…."

"이제 와서 널 원망할 생각은 없어. 그냥 너도 최선을 다한 거고, 나도 흘러가는 대로 산 거뿐이고. 윤서 죽은 것도 나한테 말 못 한 것도 너 잘못은 없어."

납골당 입구에서 그렇게 말하며 나를 안는 이주현한테서 묘한 위로를 느꼈다. 민이가 하는 위로와는 또 많이 다른 느낌이었다. 눈물이 났다. 울지 않았는데 그저 흘렀다. 더 표현할 말이 없었다.

윤서가 있는 층으로 갔다. 윤서는 사진 속에서조차 웃고 있지 않았다. 약간 경직된 표정의 학생증 사진이었다. 주현이는 그런 윤서를 보자마자 울었다. 끊임없이 눈물을 쏟아냈다. 이윽고 소리 내 울었다. 신음에 가까운 그 목소리에 나도 무너지고 울고 싶어지기도 했다. 이미 흐르고 있는 눈물을 멈출 순 없었기에, 주저앉지 않고 서서 묵묵히 그 사진을 바라보는 게 내가 할 수 있는 최선이었다.

주현이의 울음소리는 멈추지 않았다. 그런 주현이를 진정시키려 꿇어앉아 등을 토닥였다. 얼마나 많은 생각이 들었을까. 죽은 지도 몰라준 자신을 얼마나 원망했을까. 나를 죽을 듯이 원망하고 합리화해도 나쁠 게 없는 일인데, 착한 주현이는 그게 안 돼서 마음고생을 하고 있었다.

등을 토닥이던 손을 멈추고 살포시 안았다. 주현이도 내 허리를 잡고 내 가슴팍에서 흐느꼈다.

누군가 나와 고통을 함께해준다는 건 훨씬 고통이 덜했다. 만약 너를 잃은 지 얼마 안 돼서 이곳을 찾았더라면, 나도 주현이와 비슷한 반응이었을 것이다.

이렇게 조금씩 무뎌지고, 또 조금씩 괜찮아지고, 조금씩 조금씩 널 잊어가고 괴로운 기억을 없애다 보면 그저 너를 예쁜 추억으로만 기억할 수 있지 않을까. 그렇게 된다면 나도 그 추억 속에서 한없이 즐기며, 죽지 않고 살아갈 수 있지 않을까.


해가 진 뒤 주현이를 다시 차에 태웠다. 주현이는 잔뜩 부은 눈으로 아무 말도 하지 않았다. 나는 짧은 인사를 하고 집으로 돌아왔다.

　책상 위에 올려져 있는 약을 버리고, 일기장을 폈다.

**10월 29일**

윤서가 원망스럽지 않았다. 그래도 네가 생각날 때면 많이 그리워진다. 함께한 모든 기억이 그냥 많이 소중한 기억이다. 보고 싶다. 그냥 그때로 돌아가서 한 번 더 느끼고 싶다. 다시 살아 돌아와 달라는 말도, 내가 시간을 되돌아가 과거를 바꾸고 싶다는 말도 하지 않겠다. 그냥 그때로 돌아가서 그때의 어리고 순수했던 감정을 한 번 더 느끼고 싶다. 더 소중하게 간직할 텐데.

＊　＊　＊

"11월이다."

　내가 그렇게 말했다. 시간은 빠르게 흘러 종잡을 수 없었다. 옥상 바닥은 어느새 차갑게 식어 있었다.

　"이제 두 달 남았네." 민이가 쓸쓸하게 말했다. 그냥 친구 한 명 전학 보내는 그런 느낌은 아니고, 조금 더 무거운 느낌으로.

"나 처음 전학 오고 너랑 친해지려 했을 때, 그거 되게 재 밌었어."

민이가 화제를 바꾸려는 건지 과거 얘기를 시작했다.

"뭔데?"

"다 눈 한번 마주쳤다고 친한 척하고, 여친인 것마냥 구 는데. 넌 오히려 경멸했잖아."

"경멸한 적 없어."

"그럼 그 무서운 눈은 뭐였어?"

"음…. 쟤랑 친해지면 안 되겠다."

그러자 민이가 장난스럽게 인상을 쓰며 날 쳐다봤다.

"너무하다 진짜. 경멸 맞네."

"딱히 널 싫어한 건 아니고… 그땐 내가 자존감이 많이 낮았어서 내 탓 하기 바빴지."

"내가 친해지자 했는데 왜 네 탓을 해."

"그러게. 그냥, 나랑 친해지면 네가 손해니까."

"음….".

민이는 자세를 고쳐 앉고 웃었다.

"그 빌어먹을 마인드부터 고치자."

"빌어먹다니."

"너만 힘든 생각이잖아."

"난 남을 미워하는 거보다 이게 편해."

"진짜 개소리하지 말고."

"진짠데."

"너 자신을 소중히 해야 남도 소중히 한다니까."

"내가 소중히 할 남이 어딨어."

민이는 고민하다가 손가락으로 자기를 가리켰다.

"나? 너네 어머니?"

"엄마는 맞지."

"난 왜 빼냐."

그 말에 나는 키득거리며 대답했다.

"닥쳐."


새삼 웃고 떠들면서도 이러면 안 될 것 같다는 느낌은 사
라지지 않았다. 이건 어디에 말할 수 없는 감정이었다. 일반
적인 감정도 아니고 이해받을 수 있는 감정도 아니란 걸 알
아서 혼자 가지고 있기로 했다.


많이 추워진 가을이었다. 이제는 곧 겨울이겠구나. 정말
얼마 안 남았네. 두려움보다는 설렘이었다.

나의 계절이 하나씩 죽어가.

봄은 죽은 너를 잊지 못해 그리다가.

여름은 환한 공기에 나까지 행복해질까 두려워서.

가을은 끝없이 방황하다가

겨울은 또 네가 생각나서.

다시 너를 만날 날이 온다면 엄청나게 원망할 거야.

＊ ＊ ＊

"하늘이 가장 아름다울 때 죽고 싶다고 생각했는데 말이야."

"응."

"어렵다."

민이는 할 말을 고르는 듯했다. 내가 먼저 말을 이었다.

"이미 아름다운 하늘이 더 아름다워지기를 기다리는 건지, 하늘이 예쁜 날에 죽을 용기가 생기기는 할지."

"만약 크리스마스 날 날씨가 최악이면?"

"많이 망설이지 않을까."

"진짜 모순적이네. 눈 오지 말라고 기도할게."

"왜?"

"그럼 세상이 너무 예쁘잖아."

"그게 네 마음대로 되나."

"간절히 바라면 이루어져."

그 말에 약간 웃고 말았다. 얘는 왜 이렇게 순수할까, 아니면 순수함을 연기하며 스스로를 위로하고 있는 걸까.

"더 커서 여행 다니고 친구 많이 만나고 행복하자."

"내가 그럴 자격이 될까."

"행복해지는 데 자격이 필요해?"

그렇게 말해도 나는 그냥 우울하고 염세적인 인간일 뿐인걸. 행복 같은 건 인생에서 찾아볼 수 없는.

**11월 13일** ————————————————————

혹시 내가 남은 6주 동안 하루라도 살고 싶어지는 날이 오게 된다면 살아남아도 되는 것 아닐까? 왜 다 그런 작은 행복에 목숨 걸고 사는 거라고들 하잖아.

그건 설렘보단 두려움에 가까웠다.

시간은 빠르게 흐르고 내가 달라진 건 많이 없었다. 키가 크지도 않았고 얼굴이 달라지지도 않았다. 마음속이 조금 바뀌었다면 바뀌었다.

사실 아주 잠깐씩 행복해져 버린 날들이 있었다. 결국 죄책감에 묻어뒀지만 뭔가 내 안에서 변화함이 틀림없었다.

조금의 희망을 느끼기는 했다.

뿌연 아침, 이른 첫눈이 내렸다. 벌써 겨울이던가.

눈이 내리자마자 황윤서 생각이 났다. 이제 이 세상에 없는 네가 날 찾아오는 순간은 이때뿐이다.

너는 또 겨울로 왔다.

맑은 여름도 있는데, 넌 또 겨울로 왔다. 난 여름에 남아 있고 싶었는데, 널 만나러 겨울에 남아 있었다. 네가 보고 싶어 추위도 잘 타는 내가 여기서 눈 맞으며 기다리고 있다.

오지 않을 너를, 웃지도 못하고.

왔어도 보지 못할 너를 그저 한없이 기다리기만 하고 있다.

이미 깊은 우울로 자리 잡은 널 추억이라고 말할 수 있을까.

그렇게 말할 수 있는 날이 된다면 내가 죽을 이유는 무엇일까. 신가연? 아니면 그보다 전의 일들일까.

거리엔 외국 노래들이 분주하고, 하얀 눈이 쌓이면 기뻐하는 사람들과, 그 속에서 한 사람의 흔적을 찾고 있는 나. 어쩐지 이번, 아니 어쩐지 나에게 겨울은 눈물일 듯싶다. 흔하디흔한 겨울내음은 이젠 상쾌하지 못하니. 오히려 역겨운 일이 되어버렸으니.

"또 늦냐, 유수아."

그 목소리가 왜 지금 생각나는 걸까. 네가 살아 있던 모든 계절들을 두고 왜 네가 없어진 계절에만 네가 더 또렷해지는 걸까. 정말 끝없이 원망스러운 세상이다.

잠에서 깼을 때도 늘 그랬듯이 행복하지 않아 짓는 웃음으로 하루를 시작했다.

생각이 많을 것만 같은 하루다.

* * *

"유수아."

꽤 늦은 저녁, 엄마가 뒤에서 날 불렀다. 별로 돌아보고 싶지 않은 말투였다. 내가 최근에 잘못한 게 있던가. 그래도 돌아서 엄마를 쳐다봤다.

"이게 다 뭐야."

엄마 손엔 내가 그간 버렸던 항우울제 약들이 들려 있었다.

"그게 왜 엄마한테 있어."

아무렇지 않은 척 말하려 했지만 동공이 흔들렸다.

"지금 그게 중요해? 이게 뭐냐고. 엄마가 이러라고 너 병원 보낸 줄 알아? 왜 엄마 속을 썩여."

"나는 약 안 먹고 싶다고 몇 번을 말했는데 억지로 먹인 건 엄마였잖아."

"먹어보긴 했어? 효과가 없었어?"

"효과가 있었어도 짜증 났을 거고 없었어도 짜증 났을 거야. 차라리 잘됐네. 엄마가 주는 족족 버릴 거니까 더 주지 마."

"엄마는 이렇게 하면 네가 나아질 거 같았는데 아니었어?"

"왜 엄마 마음대로 내 마음을 단정 지어? 왜 그래 대체. 나 좀 내버려두면 안 돼?"

"왜 이래 수아야, 진짜. 엄마가 너한테 나쁜 거 먹이겠어?"

"싫어. 내가 싫다 하면 그냥 안 하면 되잖아."

"너 수면제는 다 먹은 거야? 못 자서?"

"죽으려고 먹었어!"

"뭐?"

말이 헛나왔다. 엄마가 엄청나게 화난듯한 표정을 지었다. 시간이 몇 신지도 확인하지 않은 채 그저 집을 나왔다. 내 이름을 부르며 소리치는 엄마를 뒤로했다.


그냥 그렇게 나오기엔 많이 추워진 날씨였다. 상관하지 않고 계속 걸었다. 이렇게 회피할 줄밖에 모르는 내가 너무 너무 싫었다. 그저 계속 흐느끼고 울며 돌아다녔다. 마음이 몇십 분 동안 추스러지지가 않았다.

정처 없이 떠돌다 들어간 곳은 집 근처 편의점이었다. 자주 들르는 곳이었는데, 새벽에 간 건 처음이라 처음 보는 알바가 있었다. 아무 과자나 집어 계산대로 가져갔다. 그 사람은 내 얼굴 가득한 눈물 자국들을 보더니 약간 당황한 것처럼 보였다. 예상 못 한 건 아니었으니, 그저 내 손만 바라보고 있었다.

"저기⋯."

"네?"

알바생이 머뭇거리다가 초코우유 하나를 건네주었다.

"이거 어차피 곧 있으면 처분해야 되는 거라, 집 가면서 먹어요."

"아⋯."

나는 얼떨결에 건네준 초코우유를 받고 편의점을 나섰다. 그리 좋아하는 건 아니었다, 우유를 먹고 탈이 자주 나서.

유통기한을 확인하니, 아직 며칠은 더 남아 있었다.

평소엔 먹지 않았을 우유갑을 까보았다.

그 초코우유를 마시고는 오늘을 살 이유가 생겨버렸다고 생각했다. 보답하지 못할 마음을 건넨 얼굴이 하나 더 생겼다는 점은 조금 싫었다. 싫었나. 울었던 걸 생각하면 싫었던 게 아닐까. 슬펐나. 동정 같은 호의가 눈물 나게 좋았던 건가.

죽고 싶지 않아졌다고 행복해지는 건 아니었다. 순간 우울해도 금방 죽고 싶어지는 게 현실이고, 잠깐 행복해도 죽고 싶지 않은 건 그 잠깐뿐이었다. 그러니까 지금은 죽고 싶지 않다. 사람의 온기가 느껴지는 지금이 행복해서, 지금이라면 내 핸드폰에 적혀 있는 디데이를 지워버릴 수도 있을 것 같지만 그거는 그거대로 쉽지 않다.

이 온기가 다 식어버렸을 때 나는 무엇을 위해 살게 될지 모르니까. 이 디데이만을 위해 살 내가 있을 수도 있으니까.

## 11월 30일 ─────────

이제 정말 무감각해진 건지 아무 생각이 들지가 않는다. 감정 없이 살고 싶다는 바람이 무색해지게도, 실제로 점점 없어지는 게 실감 나니 두려워졌다. 기쁘지도 우울하지도 않게 살면 편할 줄 알았다. 하지만 그 대가가 너무 공허했다. 인생을 살 이유를 내 삶 속에선 찾을 수가 없었다. 충분히 기쁜 일임에 나는 웃음은 거짓이 되어버리고, 충분히 슬픈 일임에 나는 눈물은 그저 마음속 깊은 덩어리에서 나오는 것이지 내가 느낀 감정이 아닌 것 같았다. 회색빛 하루하루는 누군가 색을 덧입혀 줘도 그저 무채색이었다. 세상이 나에게만 무채색인 게 아니라, 내가 내 눈을 찔러 색맹이 되길 택한 건 아닐까 하는 생각도 든다. 지나는 하루하루 속에서 폭우에 흠뻑 젖었다. 그 후엔 가랑비가 그칠 줄 모르고 내려 마를 틈이 없었다. 내가 택한 건 구름보다 높게 올라가는 것 대신 물이 되어 자연스럽게 묻히는 것이었다.

* * *

얼마 전 그렇게 집을 나가버린 후로 산책을 많이 다니게 되었다. 이런 평화로운 시간도 잠깐뿐이라고 생각해서인지 산책을 나갈수록 집에 있는 시간이 적어졌다. 무기력해진 나는 아무것도 더 할 수 없이 방에서 시간만 버리다 죽게 될 거라고 생각했는데, 이렇게라도 나올 핑계가 있어 사람다워진 것 같다.

주로 산책을 하는 건 저녁에서 밤이었다. 낮에는 사람들이 너무 많고, 각자 인생의 목표를 가지고 살아가는 모습들이 자꾸만 나랑 비교돼서 오히려 아무도 없는 밤을 선택하게 된 것 같다.

걷는 몸이, 다리가 점점 무거워진다. 일몰 시간이었다. 하늘이 분홍색이었다.

맞아, 딱 이런 날 죽고 싶었는데. 세상이 너무 예쁘게 물든 날. 그런데 지금은 그런 생각이 들지가 않았다. 이건 내 의지로 살고 싶다고 볼 수 있는 게 맞는 건가. 나는 죽지 못해 사는 거였는데.

아직 밝은 하늘에 달이 더 밝게 떠 있다. 믿지 않은 신에게 기도했다.

이 아름다운 하늘을 나만 보게 해주세요. 내 눈에 비친 달과 별이, 이 구름과 하늘이 오직 나에게만 아름다워 보이게 해주세요. 내 속에서만 오랫동안 저장되게 해주세요. 이 기적으로 들릴 수도 있겠지만 지금 이 시간만큼은 그 누구도 이 하늘을 보고 있지 않게 해주세요. 저만의 시간으로 남기고 싶어요.

### 12월 9일

나는 왜 매일 밤 울다 잠들었을까. 이미 버러지 같은 인생에서 회의라도 느꼈던 것일까? 아니면 지금과 비슷한 기분이었을까. 이제는 내 하루하루가 무엇 때문에 그리 처참했는지 기억나지 않는다. 하지만 사라진 기억 속에서 깊은 우울만이 뿌리 깊게 박혔다. 시간은 약 같은 게 아니라 상처에 익숙해지게 도와주는 분장이었다. 이 인생이 좀 더 의미 있어지는 날이 오기를. 내 자의로 살고 싶어지는 날이 찾아오기를.

一觸卽發

"수아야!"

멀리서 선유가 뛰어왔다. 나도 반갑게 맞이했다.

"나나, 연애한다?"

"진짜? 축하해. 우리 학교야?"

"다른 학교~ 아, 나 진짜 너무 좋아."

"잘됐네. 오래 가."

갑작스러운 통보였다. 약간 섭섭했지만, 축하해줄 수 있는 게 다다.

쉬는 시간에 정아를 찾아가 보았다. 반에서 친구들과 수다를 떨고 있었다.

"정아야."

내가 부르자 정아가 복도로 나왔다.

"수아야, 나 이번 겨울방학에 수술하려고. 고등학교 들어가기 전에 다들 한다길래."

"진짜? 뭐 뭐 하게?"

"나 쌍꺼풀이랑 콧볼!"

"코도 같이 하는구나, 힘들겠다."

"예뻐진다는데 감수해야지."

어쩐지 나만 제외한 모든 사람들이 각자의 미래를 꿈꾸고 있는 것 같았다. 미래를 위해 준비하고, 대비하고, 함께할 사람과 가까운 미래를 약속하고, 그러고 사는 것 같다.

나만 죽을 생각으로 1년째 암흑 속에서 살고 있었구나.

내가 살아남는다면 뭘 하고 살게 될까.

특별히 잘난 건 없으니 회사원? 그게 아니라면 알바로 전전하며 살려나? 사업도 시드머니가 있어야 하지 나는 그런 것도 없고, 엄마 사업을 물려받을 수 있으려나. 이 모든 것보다 이전에 나는 살고 싶나?

약간은, 살고 싶어져 버렸는지도 모르겠다.

### 12월 19일

죽고 싶어도 버텨. 이 악물고 버텨. 나 말고는 날 막을 사람도 없다는 거 알잖아. 지금도 반짝했다 사라질 충동일 뿐이잖아. 그니까 버텨. 차라리 혼자 울어. 주변 사람들한테 걱정 끼치지 말고 그냥 혼자 버텨. 이 정도는 버틸 수 있잖아 왜 나약한 척이야. 지금껏 잘 버텨왔잖아 이 정도는 버틸만하잖아. 안 죽을 수 있잖아 지금까지 잘 살아 있었잖아. 하고 싶은 것도 많잖아…, 갖고 싶은 것도 아직 많이 있잖아.

…그래도 죽고 싶은 걸 어떡해. 못 견디겠는데, 내가 너무 불행해서 미칠 것 같은데 어떡하냐고. 이렇게 살기 싫어. 다른 애들 다 행복한데 왜 나만 이렇게 살아야 돼. 억울해.

## 12월 20일

나를 사랑하고 싶다. 죽도록.


## 12월 22일

아무도 내 노력을 알아주지 않는다. 심지어 나조차도. 내 자신을 사랑할 줄 알아야 남을 사랑할 수 있다는 말이 진짜일까. 혹시라도 그게 진짜라면 나는 아무도 사랑할 수 없게 될까 봐 두렵다. 존재 자체로 모순덩어리에 사랑스럽지도 못한 나를 누가 먼저 사랑할 수 있을까. 아무도 믿지도 기대지도 않는 게 오히려 상처를 받지 않는 방법일 수도 있다. 내 감정은 풋풋하지 않다.


시간은 사람을 기다려 주지 않았다. 나도 시간이 멈춰주길 바라지 않았다. 여느 때처럼 저녁에 산책을 나왔다. 산책 중 새로운 길을 발견했다. 한편에 인도가 있는 긴 터널이었다. 끊일 줄도 모르고 내리던 눈에 한참 지쳐 있었기 때문에, 그 처음 보는 터널로 들어갔다. 오래된 것 같아 보이는 가로등이 조금 깜박거리고, 기껏 눈을 피해 온 터널에서도 바람을 타고 온 눈들이 흩날렸다. 차가 달리지 않는 고요한 터널 속에서도, 내가 기억하던 겨울밤이 이런 모습이 아니었다는 것 정도는 느낄 수 있었다.

"윤서야."

소리 내 불렀다. 하다 하다 터널 안으로 불어온 눈송이가 너 같아서 쫓아갔다. 그 눈송이가 바닥에 내려앉아 녹을 땐 절망적인 기분까지 들었다. 터널 밖에서 눈 위에 앉았다면 쌓일 뿐이었을 텐데, 녹기 싫어 불어온 곳이 가장 외로운 곳이었다는 걸 몰랐던 눈송이인가 싶었다.

친구들이 학원에 있거나. 막 집에 왔거나, 숙제를 하고 있었을 시간에, 나는 혼자 낯선 눈송이를 쫓고 있었다. 누가 보면 누구보다 자유로워 보였지만 누구보다 한 곳에 고이고, 묶이고, 매여 있었다. 자유로움 뒤에 놓인 외로움과 허망함을 사람들은 잘 몰랐다. 녹은 눈송이 하나 위에서 훌쩍이던 밤이었다.

## 12월 23일

인생에서 어쩌면 마지막이 될 수도 있는 목요일이 지났다. 차라리 죽는 게 더 마음이 편할 수도 있겠다는 게 그냥 확 와닿는다. 이대로 더 살면 또 얼마나 병처럼 이걸 안고 살아야 할까. 부정적인 생각만 계속 드는데, 감정을 어떻게 정리해야 되는지도 모르겠어서 손에 잡히는 대로 글씨만 쓰고 있다. 그냥 죽고 싶다. 이틀밖에 남지 않은 걸 알기에 살아 있다. 미래를 약속하는 일들이 부질없다. 어디서 어떤 방법이든 아무 상관 없으니 그냥 떠나고 싶다. 그리고 다음 생이라는 게 있든 없든 죽고 나서는 좀 행복해지고 싶다. 살아온 날들이 아깝지 않냐는 질문을 어디선가 봤다. 살아오고 버텨온 날들을 생각해서라도 살아야 되지 않겠냐는 간단한 의도였을 것이다. 버틸 만큼 버텨왔기에 더는 못 버티겠어서 죽는 거다. 그냥 내 생각은 그렇다. 지금은 감정을 어디로 표출해야 될지도 모르겠다. 칼을 들어도 그을 마음이 들지 않는다. 목을 졸라도 죽을 것 같다는 생각이 들지 않는다. 실컷 울다, 일기 하나 쓰다 잠드는 게 다인 하찮은 하루다.

* * *

*D-1*

어떤 의미 있는 날이 될 수도 있겠지만, 특별히 다를 것도 없었다. 내 의지와 상관없이 시간은 늘 흘러갔고, 내 모습이랑은 상관없이 늘 세상은 아름답게 흘러갔다.

그냥 일어나자마자 그런 생각이 들었다. 내가 없어도 세상은 너무 예쁘겠구나.

날이 좋았다. 아마 내일까지 좋을 것만 같았다. 그런 것마
저도 괜히 싫었다. 분명 모든 게 내 계획대로 실행되어 가고
있는데.

만나고 싶은 사람도 없었다. 그냥 계속 집에 있고 싶었다.
사실 나가기도 무서웠다. 아무 생각 없이 나갔다가 충동적
으로 차도에 뛰어들기라도 할까 봐.


"전화했네."

"그래야 될 거 같아서."

"작별 인사야? 새벽에 땡 치면 죽게?"

"윤서야 그랬지만…, 모르겠네."

"…살고 싶은 마음은 없어?"

"그것도 모르겠어."

"내가 너한테 의미 있는 사람은 맞았어?"

"그래야 하는 거야?"

"그러길 바라는 거야."

"그것도 모르겠어."

"오늘은 어디 안 나갈 거야?"

"충동적으로 죽을 거 같아."

"뭐야, 죽는 거 무서운 거 맞네."

"아예 안 무섭진 않은 거 같기도 하고."

"그럼 이왕 이렇게 된 거 살자."

"너 많이 불안하지. 나 진짜로 죽어버릴까 봐."

민이는 대답이 없었다. 원래 이러면 웃는 소리로 응이라고 말할 텐데.

"왜 대답이 없어."

"아니라고 하고 싶은데 불안하네."

"네가 이런데 내가 죽어버리겠다고 어떻게 말해."

"지금까진 잘만 했잖아."

"그것도 맞지만…. 미안."

"아니야 뭐가 미안해. 내가 친해지자고 한 건데 처음부터."

"그래도."

"있잖아 수아야, 네가 고등학교도 가고 대학교도 가면."

민이가 말을 멈췄다.

"울어?"

"우는지 어떻게 알아, 너는."

"그러게, 네가 내 앞에서 너무 많이 우나 보다."

전화기 너머로 들리는 목소리가, 익숙했는데 우울했다. 내 고등학교, 내 대학교. 그런 걸 한 번도 생각해본 적이 없다. 그냥 죽어버리면 된다는 안일한 생각에 미래는 걱정되지도 않았고 걱정해본 적도 없다.

"그래서 왜 울어."

"내 미래가 상상이 안 가는 기분."

"디데이는 수단일 뿐이라며."

"그것도 좋게 말해야 수단이지. 그냥 내가 겁쟁이여서, 당장 죽기엔 무섭고 후회할 거 같으니까 회피한 거지."

"결과적으로 내가 널 살리려 하고 있고, 너는 살 거고."

"그걸 네가 어떻게 단정 지어."

"그렇게 믿으니까. 믿으면 그렇게 돼."

"내가 죽을 거라고, 내가 그렇게 굳게 믿으면?"

"믿음만으론 되지 않게 막아봐야지."

"언제는 믿으면 그렇게 된다며."

"네 미래는 있을 거야, 언제나."

터무니없는 말들로 나를 위로하는 성민은 나한테 왜 이렇게까지 하는지 모르겠다.

"난 어차피 죽을 건데, 왜 나한테 이렇게까지 열심이야?"

"네가 거기까지 갈 일은 없을 거라니까."

"나도 행복하고 싶어. 죽는 게 내 최대의 행복인데."

"그럼 살아 있는 동안이라도 끝의 끝까지 행복하게 살아."

"내가 그렇게 행복할 수 있는 인간이면 안 죽지."

"그래, 간단하잖아."

"행복해지는 게 그렇게 간단할 수가 있어?"

"급식 한번 맛있게 나와도 활짝 웃으란 소리야."

"이미 그러고 있어."

"그니까, 네 하루가 맛있는 급식 하나로도 행복한 하루가 됐으면 좋겠다는 소리야."

"행복이 그렇게 간단한 거였으면 좋겠네."

"간단한 거 맞아. 음…. 사소한 행복들이 모여서 너의 순간을 행복으로 물들이면, 그 순간 하나로도 평생을 살아갈 수 있는 용기가 생기지 않을까?"

사소한 행복조차 어려운 나에게는 이해하기도 힘든 말들이었다. 내가 어떻게 행복을 느끼고 남들처럼 웃을 수가 있겠어.

"수아야."

엄마가 방문 앞에서 날 불렀다.

"나 끊어야 될 거 같아."

"그래 월요일에 봐."

….

행복은 늘 가까이에 있다는 말을 너무 많이 들었는데, 익숙해지지가 않는다. 결국 내 마지막은 내일인데, 왜 아무렇지 않게 월요일에 보자는 건지. 내가 죽을 거라는 걸 안 믿는 건지, 내가 그럴 용기가 없을 거라고 단정 짓는 건지.

아니면 내가 죽지 않을 거라고 믿는 건지….

거창한 생각은 들지 않는다. 나도 내가 내일 죽을지 죽지 않을지 모르겠다.

　그저, 다만. 죽지 않을 내 미래를 상상하는 게 너무 두렵다.

　고개를 위로 쳐들고, 한번 싱긋 웃고 방문을 열었다.

　"왜?"

　"엄마랑 얘기 좀 하자."

　무서웠다. 내 일기를 봤나?


　"오늘 담임 선생님한테 연락 왔어."

　"무슨 내용으로?"

　"너 점심시간마다 급식실에 없다고."

　"그건 또 왜 말해서…."

　"똑바로 말 안 해? 너 진짜 계속 엄마 걱정 시킬래? 급식
은 안 먹긴 왜 안 먹어."

　"민이랑 점심시간마다 옥상에서 얘기했었어."

　"민? 그 너네 전학생?"

　"어."

　"남자애라매. 너 걔 좋아해?"

　"그런 거 아니야!"

　"그럼 뭔데. 학교 옥상은 또 왜 열려 있어. 내가 아주 학교
를…."

　"아, 엄마, 왜 그래!"

"엄마가 괜히 이래? 옥상이 얼마나 위험한 장소인지 알기나 해? 발이라도 헛디디면 어쩌려고 그래! 너는 윤서 일을 겪고도 학교 옥상을 올라가고 싶었어?"

"뭔 상관이야, 그게."

"그러다가 진짜 사고라도 나면 어쩌려고! 네 의지랑 상관없이 나버리면?"

"실수로 죽든 말든 죽고 싶다고 난!"

아….

엄마의 표정이 일그러진다.

"엄마는 괜찮은 줄 알아? 계속 죽겠다 그러고, 엄마는 안 불안할 것 같냐고…. 불안해 미치겠어. 매일매일!"

그리곤 어린애처럼 울어버리는 거다. 그래도 내 앞에선 한 번도 운 적이 없던 엄마가 울어버리니 모든 사고가 멈춰 버렸다.

"미, 미안해. 엄마 울지 마, 제발."

엄마의 눈물을 닦으며 나도 눈물을 흘렸다. 그동안 엄마가 혼자 감내해야 했을 것들과 나의 지금까지의 이기심이 교차되어 더 미안해졌다.

"엄마, 내가 미안해, 미안해, 안 죽을게."

마음에 없는 소리였지만 그것으로라도 안심이 됐는지 엄마는 시간이 늦었으니 이만 자라며 나를 방으로 보냈다. 그

후로 엄마가 얼마나 더 울었는지는 알 수 없다. 방에 들어와
도 벅차오르는 마음에 일기장을 펼쳤다.

**12월 24일** ─────────────────────────

어렸을 땐 하루 종일 행복하고 설렜던 날이다. 근데 이번엔 어
째선지 정말 아무 생각도 들지 않는다. 적어도 공포라도 느끼
고 있었으면 좋겠다. 당장 몇 분 전엔 엄마가 서럽게 우는 모습
을 보았다. 뭐라 해줄 수 있는 말이 없었다. 내가 자초한 일인
걸 알고 있었기에, 나도 엄마의 눈물을 닦아주며 내가 미안하
다고 계속 소리 내 울 뿐이었다. 적어도 옥상에 갔던 얘기는 엄
마한테 들어가지 말았어야 했다. 적어도 실수로 죽어도 된다는
말은 하지 말았어야 했다. 나보다도 서럽게 우는 엄마를 보고
는 엄청난 죄를 짓고 있는 기분이 들었다.

    그 일기를 마지막으로 잠이 들었다. 많은 생각들이 내 뇌
리를 스치기도 했지만 또 끝까지 미뤘다. 내일 눈이 떠지자
마자 집을 나갈 생각이었다. 윤서는 어땠으려나.

    밤은 내 생각보다 짧았고, 겨울치고는 햇살이 강한 아침

一觸卽發                                                    293

에 눈을 떴다. 주말이었다. 시간이 아까워 일어나고, 화장대를 슬쩍 봤다.

"굳이 안 해도 될 거 같은데."

나는 씻지 않은 머리에 모자를 눌러쓰고, 짧은 패딩에 목도리, 양말에 슬리퍼를 신고 집을 나섰다.

오늘은 좀 의미 있는 날이다.

크리스마스.

아마 나뿐만 아니라 많은 사람들에게 의미 있는 날이다. 집 밖은 평소보다 들떠 있었다. 그냥, 공기 자체가 가벼워진 느낌이었다. 숨을 크게 들이쉬고 내쉬었다. 하얀 입김이 모자 위로 올라섰다.

나는 이 의미 없는 인생을 얼마나 오래 살아온 걸까, 겨우 십몇 년이었지만 내가 기억하지도 못하는 그 오래전의 나는 행복했을까. 파도가 휘몰아친다기보단 잔잔한 물의 파동만이 계속되는 수평선 위에 서 있었다. 고요함이 날 죽일 것 같았다. 삼켜질 것 같았다.

늦잠을 자서 그런지, 그렇게 이른 시간은 아니었다.

영어로 된 노래들이 길거리를 삼켰다. 모두들 들뜬 분위기로 다음 해를 기다렸다. 나이를 한 살 더 먹고, 달력이 바뀌고, 누구는 인생을 바꾸겠다며 다짐하고, 누군가는 그대로의 인생을 살며, 누군가는 그 모든 것들을 누리지 못하고 사라진다.

그 많은 풍경들을 한 발치 떨어져서 열심히 지켜보았다. 역시 내가 살 세상은 저곳이 아니었다.

인적이 드문 곳을 찾아보려 했지만 잘 찾아지지 않았다.
핸드폰을 켜서 시간을 확인했다.
5시 47분.
아직 너무 많이 남았다.

나는 발걸음을 돌렸다. 도착한 곳은 한강이었다. 한강에 마지막으로 온 건 정확히 1년 전이었다. 윤서의 장례식 날이었을 것이다. 그때 앉았던 자리에 그대로 가 앉았다. 풍경은 아쉽게도 좀 달랐다. 노을이 지고 있지도 않고. 날씨가 그리 맑지도 않았다. 아무래도 가장 아름다운 날 죽고 싶다던 내 소원은, 내 마음대로 날씨를 조종할 수 없는 한 불가능한 일인가보다. 그렇게 생각하며 헛웃음을 쳤다.

이 물 밑에 나와 비슷한 생각을 하다가 차갑게 숨을 거둔 영혼들이 얼마나 잠겨 있을까 생각해봤다. 어쩐지 끔찍하다기보단. 정말 내려가 함께 울어주고 싶었다. 꽤 무서운 말이지만, 정말 동정이었다.

전에 올라서기까지 한 다리로 장소를 옮겼다. 향수라기엔 뭣도 아니지만, 뭔가 슬픈 느낌이 가득한 공간이라 되려 슬퍼진 기분이었다.

나는 남은 인생을 조금만 더 들이키고 내쉬다가 죽을 생각이라. 지금 당장 여기서 떨어져 죽을 생각은 없다. 이 다리를 올라섰던 그날, 사실 그때가 지금보다 훨씬 죽을 각오가 되어 있던 것 같기도 하다.

올라서는 거야 할 수 있지만….

어째 조금, 그렇다.

눈시울 깊은 곳이 가려웠다. 나를 힐끔힐끔 쳐다보는 사람들이 있었다.

여기서 괜히 경찰한테 잡힌다거나, 부모님을 부른다거나 하면 일이 골치 아파질 테니 서둘러 발걸음을 옮겼다.


시간이 오후 7시가 다 됐다. 끝없이 울리는 엄마의 전화는, 실종신고라도 할 기세였다. 아니 이미 했을지도 모른다. 어차피 오늘 하루만 안 걸리면 되는 거였기에, 동요할 생각은 없었다.

다시 동네로 돌아가는 지하철에서 노을을 볼 수 있었다.

한적한 지하철에서 아름다운 장면을 보는 것조차, 정말 운 좋은 일이고 조금은 과분한 일이라고 생각한다.

어렴풋이 마지막일 수도 있다고 생각하며 보는 해였다. 물론 지는 해였지만, 뜨는 해보다 아름다운 자태였다. 질 땐 질 줄 알아 아름다운 걸까.

모든 수명에 져야 할 때가 있다면, 그게 내겐 오늘이 맞을 까. 완벽하지 않아도 내 눈엔 늘 아름답던 하늘이. 내가 될 순 없을까.


"오랜만이네."

"네, 건강하셨어요?"

윤서가 죽은 뒤 처음으로 윤서 집에 와보았다.

"그냥 그럭저럭 사는 기제."

"그래도 건강하셔야죠."

"곧 죽을 노인네 건강해봤자 뭐하노. 자식 앞세운 애미가 행복하면 천벌 받는다 안 카나."

"뭔 상관이에요. 그냥 행복하세요."

그렇게 말하는 나는 거의 울고 있었다. 할머니는 내 눈치 를 한번 살피더니 내 손을 꼭 잡으셨다.

"윤서가 내한테 니랑 비슷한 말을 한 적 있다."

"어떤 말이요?"

"상관없이 행복하라는 말."

"생각까지 닮아버렸네요."

"그르게…. 둘이 오랫동안 친구가 되어주길 바랐건만…."

"…."

"윤서가 걸음마 처음 뗐을 때, 선정이랑 윤서 애비랑 모여서 구경하고 그랬다. 얼마나 웃었는지, 선정이 처음 걸을 때만큼 기쁘드라 그래. 속 썩이는 일 없이 이쁘고 건강하게 커주는 것만으로 감사했다, 나는."

이런 이야기를 누군가에게 하는 건 오랜만이신 듯했다. 오랜만에 듣는 윤서의 이야기에, 맞장구라도 치려 열었던 입이 파르르 떨렸다. 우는 소리는 내기 싫어 입을 닫았다.

"선정이랑 윤서 애비 그리 갔을 때도, 윤서, 한 번 울고 안 울었다. 그 조그만 아가. 내 뒤에서 또 얼마나 울었을꼬."

"윤서 씩씩해 보였어요 늘."

"그제? 금마 집에서도 그랬다."

"할머니가 잘못하신 건 아무것도 없어요. 늘 최선이셨잖아요."

"…그릏나?"

"누군가에게 잘못을 넘겨야 한다면 저 때문일 거예요. 그렇게 가까이 옆에서 지냈는데 눈치 한 번 제대로 못 채고 이 기적으로만 굴었거든요."

나는 자리에서 일어났다.

"할머니는…. 꼭 건강하게 더 오래 사시고, 한~참 후에 손녀딸 만나서, 세상에서 제일 환하게 웃으셔야 해요."

꽤 어설픈 위로에 할머니는 말없이 나를 응시하셨다. 마음이 아팠지만, 눈물을 끝없이 삼켜봤다. 나는 눈동자를 시계로 돌렸다. 슬슬 가야 할 시간이다.

"수아야."

다시 눈을 할머니에게로 내렸다.

"많이 춥제 요즘."

"네, 감기 조심하세요."

"니는, 지금 죽지 마라."

"무슨 말씀이세요?"

"이 할미는 다 늙고, 자식이라곤 선정이밖에 없어서 갈 때 옆에 있어줄 놈들도 읎다. 근데 니는 기회가 있잖어. 이 할미보다 더 잘 살 기회. 우리 수아는, 할미보다 더 늙고 나서, 자식들한테 따뜻한 말 전해 들으면서, 편히 갔으면 좋겠는디. 안 되긋나?"

할머니가 애절한 눈으로 날 쳐다봤다. 눈 위에 푹 내려앉은 살, 아래 옆으로 자글자글한 주름들, 거뭇거뭇 올라온 반점들이 할머니의 세월을 말해주었다.

눈물이 쏟아졌다. 할머니는 아이고, 하시며 일어나 나를 안아주셨다.

아무리 어른인 척하고, 남을 위로하려 해보아도, 결국 진짜 어른의 말 하나, 손길 하나에 쉽사리 무너져 내리는 나는 정말 아직 어린애일 뿐이었다.

"아까 느그 어무이가 찾드라, 언능 드가라."

"예…. 안녕히 계세요."

특이하게도 복도식 아파트인 윤서 집을 나서자마자 하늘이 보였다.

어두운 하늘이었는데, 안갠지 구름인지 모를 것들이 빼곡하게 차 회색에 가까운 색이었다.

밤이 깊어져 갔다. 동네를 조금만 더 돌아다니기로 했다.

평소 가던 길부터 안 다니던 쪽길까지 전부 눈 속으로 담아갔다. 그날 난 죽을 각오로 울었던 거였나, 죽고 싶지 않아 울었던 거였나. 뭐가 됐든.

해가 뜨기 전에 도망가자. 내가 날 보게 될 빛이 뜨기 전에, 그래서 살고 싶어지기 전에.


오후 9시.

생각해두던 곳으로 걸었다.

아, 사실 중간에 커터칼을 하나 샀는데, 산 지 얼마 안 되어 버렸다.

걸어가는 발걸음이 점점 더 무거웠다. 밝기가 저절로 올라가 있었던 핸드폰도 꺼져갔다.

다시 올 것 같았던 날에, 계획대로 다시 왔다. 눈이 더듬더듬 오려 했다. 잊을 수 있을 것만 같았던 끔찍한 날이 이곳에 그대로 그려졌다.

어떤 데자뷔이기도 한 듯, 이 자리에 서 있는 사람이 내가 아닌 것 같기도 하고, 정말 끝인가 생각하니 후련하고.

무섭고.

바람이 나를 불었다. 따갑게 살을 스쳐 마음이 허해졌다. 내 피로 물들 바닥을 생각하니 조금 끔찍했다. 저 이질적인 색의 보도블록은 다시 원래의 색을 찾을까, 아니면 내가 똑같은 위치로 떨어지지 못할까.

그때 역시 이성을 상실하기 직전이었다. 하지만 잃지 않으려 노력했다.

아무렇게나, 내 의지 없이. 그저 충동에 의해서만 죽게 된다는 건 더 끔찍하고 의미 없는 일이지 않을까 싶었다.

11시,

만약 1시간 뒤까지 내가 여기서 뛰어내리지 않는다면, 내가 살아온 시간들의 의미는 뭐로 바뀔까.

죽기 위해 살아온 시간들이.

하루 하나만을 위해 버텨온 1년.
내가 여기서 죽지 않는다면 그 시간들이,
그저 죽기 위해 산 시간들이 아니라 혹시.

살기 위해서,

내 숨이 닿는 끝의 끝까지 살아가 보려 한 발버둥이 될
수 있을까.
나는 처음 오늘을 정할 때 무슨 생각이었더라.
이 세상에서 사라지고 싶다는 생각이었던가.
아니면, 마음 가득 답답한 마음을 천국이나, 지옥이나, 어
디로든 도망치고 싶다는 생각이었나.
그거마저 아니면, 그때까지라도 버텨가며 살 수 있을 거
란 마지막 희망이었나.
메마른 운동장의 흙 냄새와, 진하고 공허한 겨울의 진눈
깨비 냄새와, 내 뇌리에만 박혀 있는 윤서의 피 냄새가 머리
를 채웠다. 누군가가 마지막으로 바라봤을 풍경들과, 그 진
한 향수와, 이제는 내 가슴속에서도 살아 있지 않은 누군가
를 생각했다.

그 누군가가 마지막으로 했을 생각을 떠올렸다.


11시 28분


찰칵-

나는 또 어떤 누군가에게 사진을 보냈다. 함께 문자도 보냈다. 우리 학교 옥상의 붉은 바닥이 찍힌, 그 끝에 겨우 서 있는 나의 신발이 찍힌.

[잊혀지는 게 당연하지만]

[영원히 기억되고 싶어]


사실 그 사진을 보내고 나서는 한참을 울었다.

지난 1년 동안, 난 단 한 번도 그날 윤서가 나에게 옥상사진을 보낸 이유를 이해하지 못했었다. 사실 윤서는 날 싫어했던 걸까, 라는 생각이 든 적도 있고, 나에게 못 할 짓이라고 생각한 적도 많다.


"살고 싶었구나."

힘들게 뱉은 한마디를 끝으로 소리 내 흐느껴 울었다. 높은 곳의 메아리인지, 나의 환청인지 모를 내 울음소리가 울려 들렸다.

겪어봐야만 아는 것들이 있었다.

내가 이해하지 못한다 해서 윤서가 나쁜 사람이 되는 건
아니었다.

나에겐 그럴지도 모르지만, 이성적으로 말이다.


무서워서.

살고 싶어서.

아무리 결심하고 각오하고 준비했어도,

그 고통이 가늠이 안 되니까.

누구라도 잡아줬으면 해서.

윤서는 인생의 마지막을 나로 정했다는 걸 후회하고 있
진 않을까. 결국 나도 같은 생각을 하진 않을까.

책상에 올려놓은 유언장의 내용을 되뇌었다.

아슬아슬한 학교의 옥상에 끝에서, 무언가에 미치기라도
한 듯 중얼거렸다. 어떤 것을 죽을 만큼 그리워했다.


쾅–


"유수아!!!"


가쁜 숨을 내몰아 쉬는 성민이 옥상문을 박차고 올라왔다.

우습게도 급하게 달려온 너를 보자마자 웃음이 나왔다. 안도의 웃음과 떨리는 숨들을 내뱉었다.

11시 51분

"다가오지는 마."
"불안하게 그러지 마."

한동안 오직 매우 희미한 오토바이 소리 하나만이 들렸다.
"나 윤서를 드디어 좀 이해했어."
"너 괜찮을 거라며."
"윤서 사실 죽는 게 무서웠나 봐."
"그만 울고 좀 내려와서 말해."
"그 조그만 애가 어떤 마음으로 뛰어내린 걸까."
"일단 좀 내려오라고, 수아야 좀!"
"무서우면 잡아달라고 하지."
"…제발 내가 안 늦었다고 해줘."

민이는 눈물이 가득 고인 눈으로 손을 내밀었다.
솔직히 말해 잡고 싶지 않았다. 시간은 흘렀다. 내가 여기서 죽지 않아도 후회하지 않을 거란 보장은 없었다.

一觸卽發

지금의 나는 죽고 싶지는 않다. 더욱이 살고 싶지는 않다.

그런 생각을 했다.

그럼 살고 싶었던 윤서는 내가 마지막으로 내민 손을 잡지 못해 후회했을까.

민이가 웃었다. 마음 어딘가가 깊고 묵직하게 내려앉았다.

민이가 내밀어준 손을 잡았다. 민이는 기다렸다는 듯이, 하지만 불안하게 웃으며 자기 쪽으로 나를 당겼다.

내리는 눈들 속에서, 지금조차 하염없이 흐르는 시간들 속에서, 그때조차도 민이가 나에게 해준 유일한 말은,

고마워-

였다는 것을.

내가 의지한 존재는
이젠 없는 윤서라든가,
먹지 않은 약이라든가,
그저 얘기해본 상담사가 아니라

표현도 제대로 못 하는 엄마나
나와 똑같이 어수룩한 민이나,

언제나 살기 위해 스스로 위로의 말을 던지던 나였나.


11시 57분,


"네가 왜 고마워."

"살아줘서."

"아직 12시 안 지났어."

"곧 지날 거니까, 넌 그때까지 내 손 잡고 있을 거니까."

"어떻게 확신해?"

"내가 안 놓을 거라서."

"정말?"

"윤서는 살고 싶어 했다며."

"응."

"그걸 어떻게 알았는데."

"…내가 윤서랑 똑같은 짓을 하는 걸 봤는데, 격렬하게 살고 싶다는 생각밖에 안 들었어."

"거봐, 너 살고 싶잖아."

"죽고 싶어."

"근데 왜 살아 있어?"

"네가 잡아서."

"네가 잡았잖아."

一觸卽發

나 살고 싶었구나.

한순간도 빠짐없이.

죽고 싶은 게 아니라 이렇게 살기 싫은 게 아니냐던 누군가의 말이 사실이었구나.

"그렇네."


내가 1년짜리 시한부가 되기로 결심한 건, 죽음에 절망하며 비참하게 하루하루를 보내고 싶어서가 아니라 어쩌면 남은 1년이라도 가치 있게 살아보자고, 그 1년이 다 가기 전까지는 절대 먼저 죽지 말자고 정한 나만의 위로 방식이었구나.

죽는 게 무섭지 않다는 것은 거짓말이었다. 아직 어리고 어수룩한 나였다. 그토록 기다리던 나의 엔딩은 없었다.

"결국 내가 널 잡았네. 살려달라고."

"네 의지로 지금 여기서 나랑 살아 있는 거야."


"유수아?"

민이의 품에 파고들었다.

꽉 잡은 등의 온기가 따뜻했다.

앞으로도 나에게 겨울은 가장 시린 계절이 될까, 아니면 언젠가 이 모든 걸 추억하며 따뜻한 계절이 될까.

자정을 알리는 벨소리가 울린다.

*D+1*

　다만 지금 내가 확신할 수 있는 건, 지금 나의 겨울은 춥지 않다는 거다. 내려 앉아오는 눈들이 무겁지 않다는 거다.
　겨울 눈송이들 사이로 두 사람의 입김이 불어 올랐다.
　너는 내 눈물을 닦았다.

一觸卽發

**일촉즉발**

한 번만 건드려도 폭발할 것같이 몹시 위급한 상태.

## 작가의 말

내 첫 번째 소설을 쓰며 많은 고민을 하였다. 내가 느끼고 경험한 일들을 글로 잘 풀어낸다 한들 많은 사람들이 공감할 수 있을까. 이 글이 어른들이 보기에 내 또래 아이들을 대변한다고 말할 수 있을까.

이 책은 나와 같은 사춘기 청소년들이 공감해 줬으면 하는 책이면서, 그들을 대변해 어른들에게 목소리를 내기도 하고, 방황하던 내 과거에서 길을 알려준 책이기도 하다. 이 글을 쓰며 위안을 얻었던 나처럼 또 다른 누군가가 이 글을 보며 위안을 얻는다면 정말 행복할 것 같다.

청소년 자살이라는 문제는 생각보다 우리 근처에 있고, 흔하고 무서운 문제이다. 아이의 우울감은 그저 철없는 게 아니고, 오히려 어른보다 미성숙한 나이이기에 충동이 심하고 그만큼 위험한 일이라는 걸 우리 사회가 인지하는 계기가 되었으면 좋겠다.

그저 한 명의 청소년으로서, 왜 이 세상은 행복할 수 없는지 우울할 수밖에 없는지. 모든 소중한 아이들이 행복하게만 자랄 수 있는 환경이 왜 우리나라엔 없는지가 가장 궁금했다. 그런 질문을 던져보았다.

사실 수아는 이야기의 주인공이 될 만큼 특별한 아이는 아니다. 오히려 특별하지 않아서 우리 주위에 있는 너무 평범한 아이여서 내 소설의 주인공이 되었는지 모른다. 부모님의 사랑을 받고 평범한 가정에서 잘 자란 아이도 우울증을 앓을 수 있다는 얘기를 해주고 싶었다. 그리고 많은 사람들이 죽고, 자살하고 그걸 지켜보고 뉴스로 접하는 어지러운 세상 속에서 남의 죽음을 경험한다는 건 어느새 흔한 일이 되어버렸다. 『시한부』는 누구나 그 상황에서 느낄 수 있는 충격과 공포, 그 감정을 과장하고 구체화시킨 소설이다.

또한 "충동적으로 죽지 마.", "시간을 갖고 삶의 이유를 찾아."라는 이야기를 하고 있다.

죽음을 생각하고 있는 누군가에게는 위안과 희망의 메시지가 되고 트라우마 속에 있는 우리 사회에는 숙제 하나를 던져주는 소설이 되었으면 한다.

그저 중학생의 부족한 글을 끝까지 읽어주셔서 감사합니다. 책이 나오도록 응원하고 격려해주신 모든 분들에게도 감사 인사를 전합니다.

14세의 겨울
백은별